CB052778

Os
MITOS ASTECAS

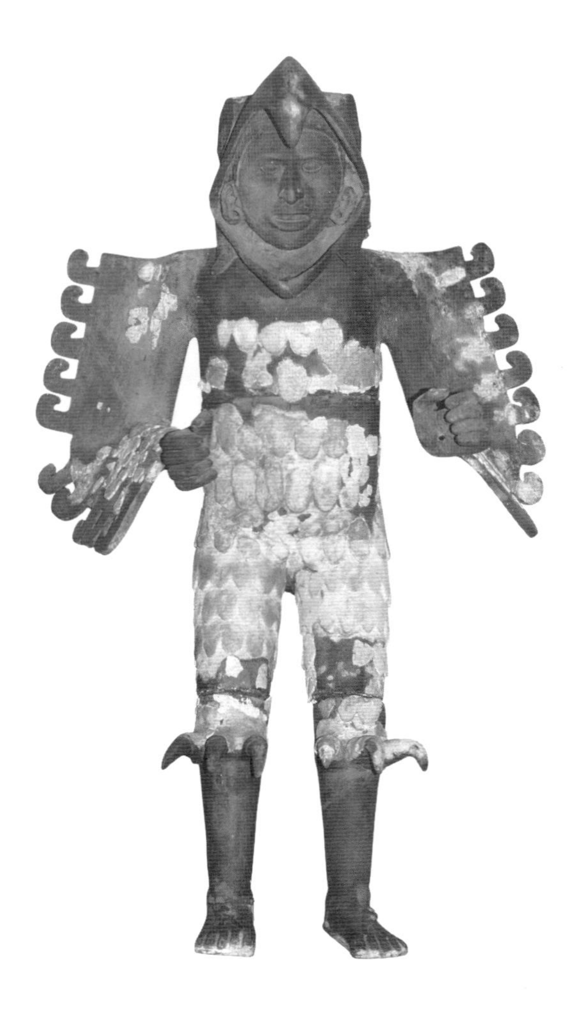

OS MITOS ASTECAS

UM GUIA PARA AS SUAS HISTÓRIAS E LENDAS

CAMILLA TOWNSEND

TRADUÇÃO DE BRUNO GAMBAROTTO

Petrópolis

Tradução publicada mediante autorização de Thames & Hudson Ltd, Londres

Tradução do original em inglês intitulado *The Aztec Myths. A Guide to the Ancient Stories and Legends*

Direitos de publicação em língua portuguesa – Brasil:
2024, Editora Vozes Ltda.
Rua Frei Luís, 100
25689-900 Petrópolis, RJ
www.vozes.com.br
Brasil

Este livro foi composto e impresso pela Editora Vozes Ltda.

Editoração: Rafaela Milara Kersting
Diagramação e capa: Do original
Arte-finalização de miolo: Editora Vozes
Revisão gráfica: Heloísa Brown
Arte-finalização de capa: Editora Vozes

ISBN 978-85-326-6963-6 (Brasil)
ISBN 978-0-500-02553-6 (Reino Unido)

Dados Internacionais de Catalogação na Publicação (CIP)
(Câmara Brasileira do Livro, SP, Brasil)

Townsend, Camilla
Os mitos astecas : um guia para as suas histórias e lendas / Camilla Townsend; tradução de Bruno Gambarotto. – Petrópolis, RJ : Vozes, 2024.

Título original: The Aztec Mythys.
Bibliografia.

ISBN 978-85-326-6963-6

1. Astecas 2. Lendas 3. Mitos I. Título.

24-218498 CDD-291.13

Índices para catálogo sistemático:

1. Mitologia 291.13

Tábata Alves da Silva – Bibliotecária – CRB-8/9253

Sumário

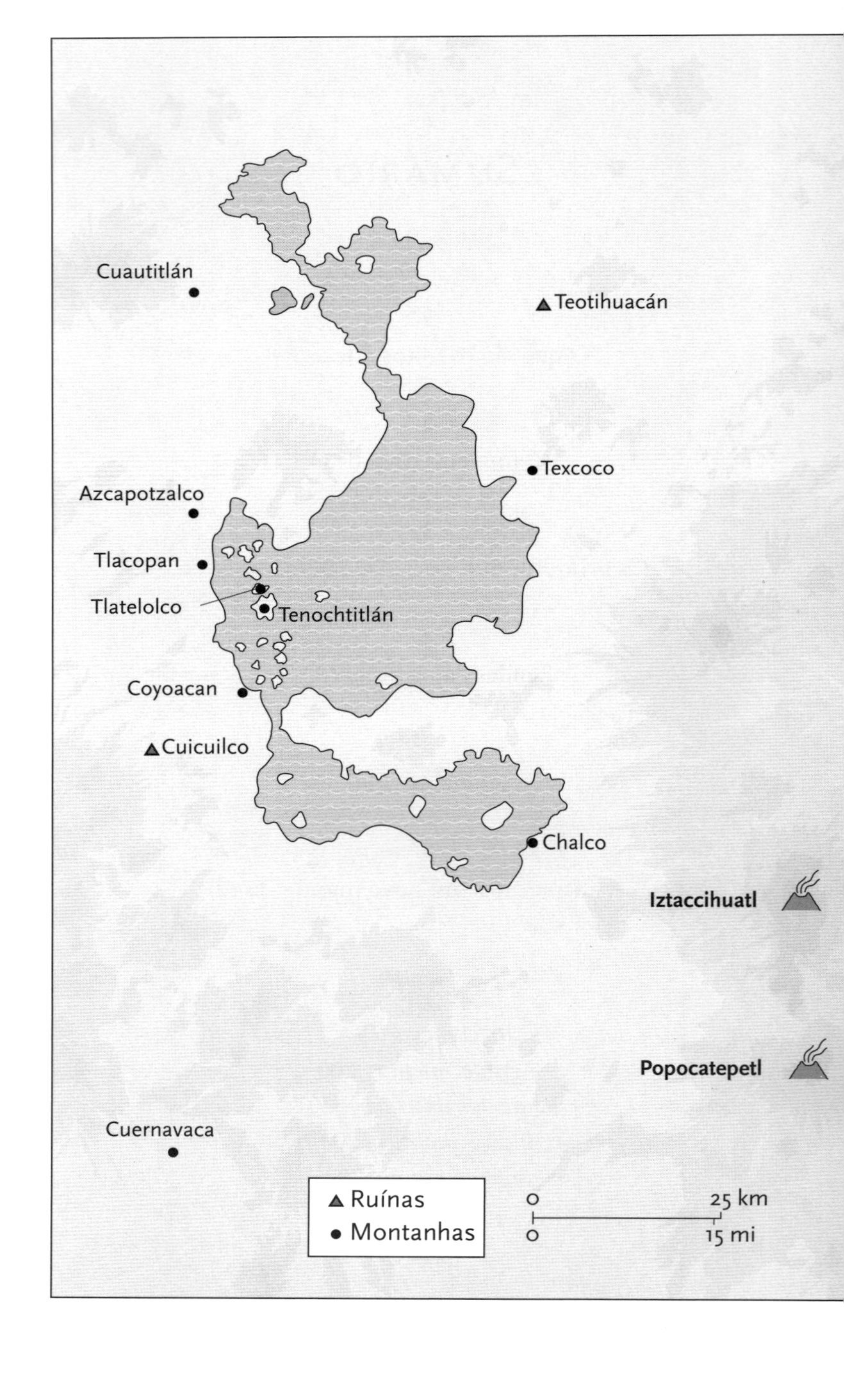
Cuautitlán
Teotihuacán
Texcoco
Azcapotzalco
Tlacopan
Tlatelolco
Tenochtitlán
Coyoacan
Cuicuilco
Chalco
Iztaccihuatl
Popocatepetl
Cuernavaca
Ruínas
Montanhas
0
25 km
0
15 mi

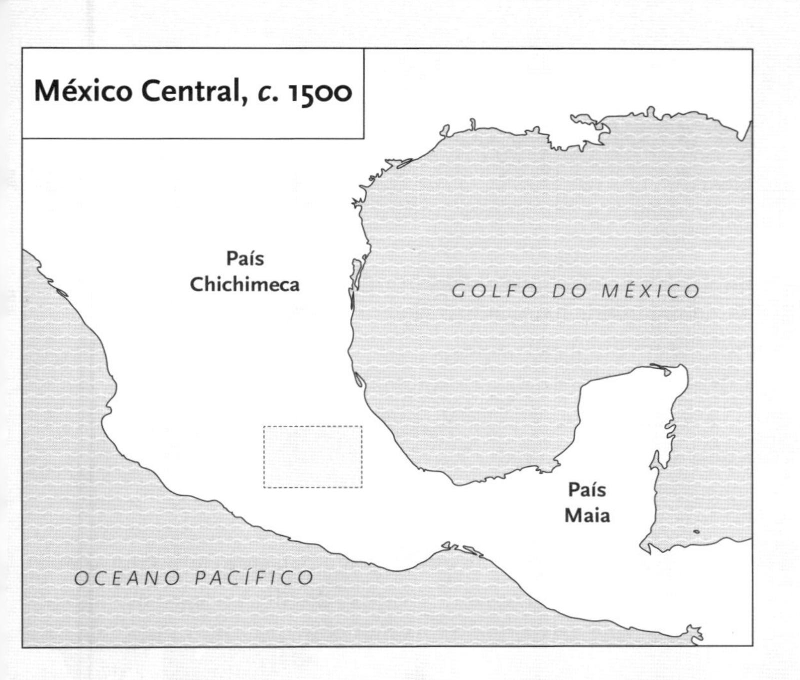
México Central, c. 1500
País
Chichimeca
GOLFO DO MÉXICO
País
Maia
OCEANO PACÍFICO

Tlaxcala

Malinche

Cholula
Huexotzinco
Cuauhtinchan
Tecamachalco

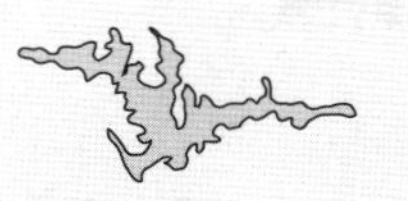

1

O que são os mitos astecas?

> Casa 10. Neste ano, morreu Huactli, que havia sido governante de Cuautitlán. Ele havia sido o governante por sessenta e dois anos! Ele era um governante que não sabia plantar milho para se alimentar. Tampouco seus súditos sabiam como tecer. Eles ainda vestiam peles. Eles se alimentavam apenas de pássaros, cobras, coelhos e cervos. Eles ainda não tinham casas. Eles apenas iam de um lugar para outro, sempre em frente...[1]

De modo geral, são poucas as culturas que sugerem um controle tão grande da religião quanto a dos astecas do México, e poucas são as religiões em que se verifica tamanha celebração da morte. Nos manuais, bem como na tradição popular, reza a história de que os astecas acreditavam que o universo entraria em colapso se não alimentassem os deuses praticando sacrifícios humanos brutais. Por causa disso, prossegue a narrativa consagrada, os astecas eram universalmente odiados por seus vizinhos, os quais, por essa razão, com muito gosto, apoiaram os espanhóis quando os europeus entraram em cena no início do século XVI.

Os leitores podem se surpreender ao saber que, embora haja uma pitada de verdade nessa versão dos acontecimentos, ela é distorcida a ponto de ficar praticamente irreconhecível. A história é em grande medida aquilo em que os próprios invasores espanhóis desejavam acreditar – e desejavam que o mundo acreditasse – acerca do povo submetido a seu poder e que continuavam a tratar com dureza. Tal

1. Cf. Anais de Cuautitlán (fólio 4).

como as evidências remanescentes indicam, a religião asteca era, em verdade, composta de uma variedade de tradições ricas e persuasivas. O sacrifício humano tinha um lugar dentro de seu conjunto, mas não como é geralmente sugerido. Este livro oferece um guia para os mitos dos astecas com base não em afirmações feitas – seja no passado, seja no presente – sob uma perspectiva externa, mas a partir das histórias que os astecas escreveram em sua própria língua para sua própria posteridade não muito tempo depois da chegada dos europeus.

UMA BREVE HISTÓRIA DOS PRIMÓRDIOS DO MÉXICO CENTRAL

Durante a última Era Glacial, com os níveis do mar mais baixos, existia uma ponte de terra entre as regiões atualmente conhecidas como a Sibéria russa e o Alasca norte-americano. Entre cerca de 15 mil e 11 mil anos atrás, em pelo menos três ondas sucessivas, diferentes populações asiáticas cruzaram o Estreito de Bering, povoando por fim as Américas. Conforme o gelo derretia e o ambiente ecológico mudava, os caçadores-coletores nômades se dirigiam cada vez mais ao sul, buscando não apenas caça, mas também plantas nutritivas que passavam, então, a crescer em abundância e podiam ser colhidas com facilidade. À medida que esses grupos migratórios se isolavam uns dos outros, eles desenvolveram famílias linguísticas distintas e culturas únicas.

Por volta de 1500 a.C., os olmecas, instalados na costa norte do istmo do México, parecem ter se tornado o primeiro povo no hemisfério a se dedicar a um estilo de vida sedentário baseado no cultivo da terra em tempo integral, contando com uma combinação de milho e feijão para produzir uma proteína completa. Como é sempre o caso quando um povo encontra um assentamento permanente, determinou-se uma divisão do trabalho e a ela se seguiu o surgimento de uma grande variedade de tecnologias (incluindo a escrita, a irrigação e a arquitetura). É importante observar que essa mesma transformação havia ocorrido pelo menos 5 mil anos antes, do outro lado do Atlântico, no Crescente Fértil, onde a presença de uma constelação de plantas especialmente ricas em proteínas (em particular, trigo e legumes) serviu de incentivo a povos a se tornarem agrícolas mais cedo do que em qualquer outro lugar. O estilo de vida agrícola se espalhou para a Europa e a Ásia. Muito mais tarde, quando os povos da Eurásia e das Américas tiveram seu primeiro contato, essa vantagem nas variadas tecnologias derivadas da vida sedentária permitiu aos exploradores europeus subjugar os povos das Américas nos planos político e econômico. Mas isso se daria apenas milênios no futuro.

Os olmecas são famosos por suas grandes esculturas das cabeças de grandes chefes ou deuses.

Os artesãos de Teotihuacán criavam máscaras faciais impressionantes.
A imagem apresenta um exemplar feito de um mosaico de conchas.

Enquanto isso, os olmecas, com sua sociedade agrícola, desenvolveram um repertório cultural impressionante. Seu calendário, seu sistema de escrita glífica e seu artesanato causavam espanto nas comunidades vizinhas. A influência olmeca se estendeu ao leste, em direção ao que se tornaria o território maia, bem como ao oeste, a uma impressionante bacia circular cercada por um anel de montanhas (muitas vezes chamada de Vale do México). Ali, uma série de diferentes cidades-Estados dedicadas à agricultura conheceu sua ascensão e queda.

A maior de todas as culturas da bacia central era a cidade de Teotihuacán, cujas magníficas ruínas ainda podem ser visitadas. Os estudiosos sabem relativamente pouco sobre Teotihuacán, da qual não há textos remanescentes para lermos. Os vestígios arqueológicos, porém, revelam muito sobre a cosmologia dos moradores, bem como acerca de suas vidas econômicas. Teotihuacán era o centro de uma rede de comércio de longo alcance que se estendia ao norte – até o que são hoje os Estados Unidos – e ao sul – até a América Central. Quando seu governo entrou em colapso, por volta do ano 650, a notícia da queda se espalhou por toda a região. O vácuo de poder provocou invasões de povos nômades vindos dos desertos do norte, que ora fugiam da guerra, ora buscavam terras mais férteis.

Os vestígios arqueológicos da cidade de Teotihuacán
são hoje Patrimônio Mundial da Unesco.

Esses desertos estão no que hoje é o norte do México e o sudoeste dos Estados Unidos. Os falantes de línguas da família linguística uto-asteca, especialmente a língua chamada náuatle, compreendiam a maioria dos fluxos sucessivos de povos que seguiram ao sul até o vale central. Essas migrações levaram muitas gerações para se

realizarem. É provável que nenhuma pessoa tenha viajado do atual Arizona para a atual Cidade do México. À medida que os grupos migrantes rumavam para o sul, muitas vezes eles se estabeleciam por algum tempo em determinada região, travando casamentos com a população local, adotando parcialmente seus costumes e aprendendo suas histórias. Depois, tornavam a seguir viagem, caso alguns desentendimentos ou a guerra pura e simples o fizessem necessário.

Esculturas da serpente emplumada adornam as pirâmides remanescentes de Teotihuacán.

Alojamentos e espaços cerimoniais eram repletos de vasos como essa peça de cerâmica sobre três pés.

Os mexicas estiveram entre os últimos grupos étnicos de língua náuatle a chegar à fértil bacia central. (Segundo seus próprios relatos, eles foram os últimos.) Eles chegaram ali em algum momento do século XIII. A essa altura, a área estava bastante povoada. Por muitos anos, os mexicas constituíram uma população itinerante, disposta a se oferecer a outros povos como força de combate em troca do direito de caçar alguns cervos e plantar um pouco de milho. Do início até meados do século XIV, eles conseguiram estabelecer uma cidade permanente em uma ilha no grande lago que preenchia o centro da bacia e, logo depois, celebraram a formação de uma linhagem real.

Mesmo assim, os mexicas permaneceram relativamente fracos e vulneráveis. A cidade-Estado dominante da bacia central à época era Azcapotzalco, povoada pelo povo tepaneca (igualmente falante de náuatle). No início do século XV, o rei de longa data de Azcapotzalco morreu. Na comoção que se seguiu, uma facção desfavorecida dos mexicas se aliou habilmente a uma facção do povo tepaneca que parecia estar prestes a perder todo o poder. Juntos, trabalhando com aliados de uma terceira cidade-Estado chamada Texcoco, eles projetaram um grande rearranjo do poder no vale. Daquele dia em diante, os mexicas se tornaram o povo mais poderoso da região e continuaram a trabalhar em estreita colaboração com seus aliados tepanecas (que viviam em um povoado chamado Tlacopan), bem como seus aliados de Texcoco. Os historiadores apelidaram seu relacionamento de Tríplice Aliança; foi o início do que conhecemos hoje como "Império Asteca".

Escultura de um incensário encontrada em Teotihuacán. Provavelmente o deus do fogo.

Este antigo desenho pós-conquista das pirâmides gêmeas do grande templo dos astecas se baseia na iconografia pré-conquista.

Durante o século que se seguiu, os mexicas e seus aliados dominaram a bacia central e pouco a pouco expandiram seu controle de forma a incluir quase todo o território central do México atual e boa parte da área restante do que hoje é o país. Eles estabeleceram entrepostos comerciais no extremo noroeste do México e ao sul, alcançando a atual costa de El Salvador, deixando sua marca em topônimos em língua náuatle ainda existentes em nossos dias. Tenochtitlán, a ilha-capital, tornou-se uma bela e rica cidade, conhecida pelos reluzentes templos piramidais que se avistam ao longe, a enorme praça do mercado, a ordenação em gradil de suas vias, as lajes das edificações ocupadas por jardins e até mesmo uma coleção zoológica mantida pelo rei. Contadores de histórias e músicos entretinham as pessoas ao redor de fogueiras até tarde da noite.

Os astecas adoravam flores. Esse desenho foi feito por um artista indígena que trabalhava para os frades franciscanos após a conquista.

A partir do fim dos anos 1490 ou início dos anos 1500, os mexicas ouviram rumores de estranhos explorando as ilhas ao largo da península de Yucatán. Em 1517 e 1518, expedições exploratórias espanholas desembarcaram na costa do centro do México. E, em 1519, um homem chamado Hernán Cortés desembarcou perto da atual cidade de Vera Cruz. Cortés seguiu pouco a pouco rumo a Tenochtitlán, valendo-se do que os locais consideravam uma força armada extraordinária com o intuito de atrair o maior número possível de aliados. Moctezuma, o grão-rei dos mexicas, enviou emissários, mas não conseguiu persuadir Cortés a não marchar rumo à capital. Foi assim que a força expedicionária entrou na cidade de Tenochtitlán em novembro de 1519. Os europeus instalaram-se na cidade como convidados de honra por mais de oito meses, mas a violência entre os visitantes e os guerreiros mexicas por fim eclodiu. Mais europeus continuavam a chegar, e sua presença convenceu um número crescente de cidades locais a se unir a eles. Depois de uma prolongada guerra, os recém-chegados demoliram grande parte de Tenochtitlán. No entanto, em poucos meses, a Cidade do México, construída por trabalhadores e artesãos nativos, começou a se erguer sobre as fundações da cidade velha, e o povo da cidade retornou a suas casas, com as memórias dos velhos tempos ainda bastante vivas.

QUEM EXATAMENTE ERAM OS ASTECAS?

A palavra "asteca" tem sido usada desde os séculos XVIII e XIX, quando os acadêmicos começaram a tratar as populações do México central como tema de estudo. Nenhum povo, porém, se autodenominava "asteca". Trata-se de apropriação, da parte dos estudiosos, de termo que encontraram em um pequeno punhado de documentos, palavra que se referia a pessoas que supostamente viviam na mítica pátria ancestral dos mexicas ao norte, chamada "Aztlán" (cf. cap. 3). Esses estudiosos, porém, remodelaram o termo e o usaram para falar a respeito dos próprios mexicas, como se fosse esse seu nome. Logo outros se aperceberam do uso, e ele ganhou vida própria. Hoje, quase todo mundo se refere ao povo com o qual os espanhóis se depararam no centro do México como os "astecas".

Por que os primeiros estudiosos usaram esse termo inadequado? E por que seus leitores gostaram tanto e passaram adiante? Estas não são perguntas que podemos responder com absoluta certeza, mas o termo tinha certas vantagens óbvias. A essa altura, havia muito tempo que da palavra "mexica" derivara o uso do termo "México" para referir-se primeiro à capital dos colonos e, posteriormente, por extensão, a toda a Nova Espanha, como os espanhóis chamavam sua colônia. Após a independência, o mesmo termo foi incorporado ao nome formal do país, os Estados Unidos do México. Teria ocorrido certa confusão, portanto, ao denominar os antigos nesses escritos como os "mexicas". Além disso, ter à disposição um termo um tanto vago e intercambiável como "asteca" permitia que os estudiosos fizessem alusão não apenas aos mexicas, mas também à unidade que formavam com seus aliados próximos, ou mesmo a todas as pessoas que governavam – dependendo do que um estudioso em particular buscasse comunicar.

Infelizmente, a própria flexibilidade do termo gerou considerável confusão. Às vezes, é impossível dizer a quem exatamente um escritor está se referindo. Aos mexicas apenas? Aos membros da Tríplice Aliança e associados próximos? A todas as populações da bacia central, e seus vizinhos próximos que habitavam as montanhas, as quais conheciam bem? Talvez até mesmo a todos os povos sobre os quais o aparato estatal dos mexicas exercia algum nível de controle? Algumas pessoas até tratam o termo "asteca" como palavra intercambiável com "nahua", que significa "falante de náuatle", mas isso é problemático, visto que muitos falantes de náuatle que migraram para regiões de todo o país que hoje chamamos de México nada tinham a ver com os mexicas.

Neste livro, a palavra "asteca" designa todos aqueles povos de língua náuatle que viviam na bacia central do México ou em suas imediações e que interagiam entre si regularmente nos dois séculos anteriores ao contato com os europeus. Os mexicas acabaram por se tornar o povo dominante, mas compartilharam suas vidas com vários outros grupos, com os quais realizavam comércio, celebravam casamentos e travavam batalhas. Por todo o período, os inúmeros grupos étnicos contaram suas histórias uns aos outros, e, juntas, essas histórias formam um *corpus* de narrativas em língua náuatle de então. Cada grupo étnico preservava suas próprias histórias, com diferentes graus de comunicação entre si; todas, porém, compunham o mesmo universo cultural.

COMO OS ACADÊMICOS ESTUDARAM OS ASTECAS?

A imensa maioria dos estudiosos que se debruçaram sobre os astecas no passado não era versada em náuatle; no lugar da leitura, portanto, esses estudiosos recorriam a vestígios arqueológicos, pinturas da era colonial, fontes glíficas e, evidentemente, aos textos legados pelos espanhóis. Muitos dos livros que produziram foram extremamente valiosos em seu tempo. As fontes em que eles, em geral, se basearam, no entanto, não eram confiáveis em aspectos importantes. Os espanhóis estavam muito empenhados em descrever os povos nativos – e não apenas os mexicas – como bárbaros ao extremo e sujeitos, portanto, a uma verdadeira necessidade de conquista. Algumas das afirmações que fizeram são absolutamente risíveis. Bernal Díaz, um soldado de infantaria que acompanhou Cortés e, já quando se encontrava em idade avançada, produziu um relato, registrou uma passagem como: "Suas cobras de estimação eram alimentadas com os corpos de índios sacrificados e a carne dos cães que criavam. Temos absoluta certeza, também, de que, quando eles nos expulsaram do México [da cidade] [...], eles alimentaram aquelas serpentes bestiais com os corpos [de nossos soldados] por muitos dias"[2]. Por mais estapafúrdio que seja o exemplo, os estudiosos não riram de tudo o que foi relatado em circunstâncias similares; muitas afirmações duvidosas adentraram estudos sérios.

2. Cf. Díaz (2000, p. 169).

ITZCUINTLI

Os astecas criavam cachorrinhos (*itzcuintli*, ou às vezes *xoloitzcuintli*) principalmente para servir de alimento em momentos de necessidade; em alguns casos, porém, quando as pessoas se apegavam, eles se tornavam animais de estimação. Por vezes se tem dito, nos tempos modernos, que a família matava um cão de estimação quando seu dono morria, para que o animal pudesse ajudá-lo a atravessar o rio para a terra dos mortos. Mas isso não é de fato o que um asteca ainda portador da memória dos velhos tempos dizia. Ele se lembrava que, quando precisavam matar um cachorro para comer, o dono ficava triste. "O dono do cachorro que havia morrido colocava um colar de algodão [simbólico] nele, acariciava-o e dizia: 'Espere por mim! Você vai me transportar para onde há nove camadas [do universo? do submundo?]'."[3] Esse homem pragmático sabia que sua família precisava da carne; ele também era extremamente devoto. Ao mesmo tempo, ele amava seu cachorro.

A raça de cães Xoloitzcuintli do México continua popular até hoje.

3. Cf. Dibble; Anderson (1950-1982, 4:20).

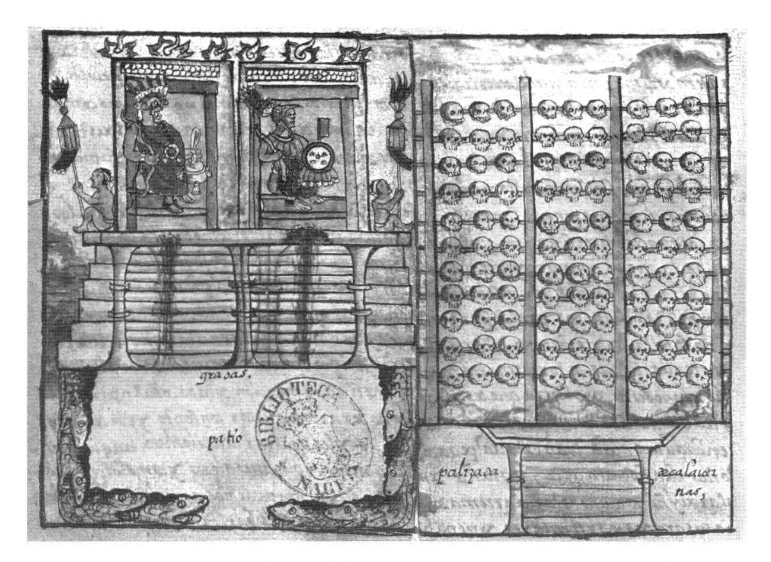

Imagens cruentas mostrando sacrifícios humanos astecas aparecem com destaque em textos pós-conquista. Essa ilustração de uma *tzompantli* (prateleira de crânios) aparece em um livro do frade dominicano Diego Durán.

Vestígios arqueológicos e pinturas glíficas da era colonial, por outro lado, são indiscutivelmente criações dos povos indígenas e precisam ser levados mais a sério. A dificuldade é que eles são muito desproporcionais no que representam. A maioria dos arqueólogos não faz escavações em locais de atividade cotidiana, como feiras em que agulhas de costura de cobre e joias de obsidiana eram vendidas. Em vez disso, eles têm concentrado esforços nos maiores templos piramidais, que foram palco de alguns sacrifícios humanos (cf. cap. 2 e 5). Entretanto, sem poder ouvir o que as pessoas diziam, não chegamos ao conhecimento de seu contexto: com que frequência eles aconteciam e nas mãos de quem? O que a maioria das pessoas pensava a respeito da prática? Havia quem se opusesse a ela? Quais eram os demais elementos de importância de sua tradição religiosa? Os códices pintados da era colonial, como são chamados os livros ilustrados recuperados desse período, também podem ser esclarecedores. Mas, novamente, sem poder ouvir ninguém enunciando frases completas, o que podemos deduzir desse material é bastante limitado. Muitos são até mesmo obra de gente nativa de fins da era colonial tentando figurar histórias e práticas que julgavam "tradicionais", embora muitas gerações tivessem se passado desde que as pessoas da região tivessem tido qualquer relação com tais práticas.

Nas últimas décadas, muitos estudiosos passaram a se dedicar mais ao estudo das chamadas fontes "alfabéticas", escritas na língua náuatle. Antes de mais nada, devemos esclarecer: dado que os astecas pré-contato produziram apenas escritos glifos, como é que temos tais materiais? A resposta é muito simples. Quase imediatamente após a vitória militar inicial sobre os mexicas, os frades franciscanos embarcaram na tarefa de ensinar o alfabeto romano aos jovens estudantes nativos. Os religiosos europeus desejavam que eles aprendessem a ler para que fosse mais fácil ensinar-lhes o cristianismo. Os alunos fizeram o que lhes foi pedido e se tornaram extremamente hábeis na nova forma de escrever. Muitos continuaram a trabalhar para os frades durante anos, e outros passaram a servir de auxílio aos párocos ou começaram a trabalhar para o sistema judicial espanhol. Nos dias de hoje, há acadêmicos que estudam os extraordinários textos religiosos produzidos em náuatle pelos frades e seus assessores nativos, e outros que se dedicam a analisar os textos seculares em náuatle escritos pelos nativos mediante uso da lei espanhola em seus testamentos, vendas de terras, registros fiscais e assim por diante. Todo esse trabalho nos ajuda a entender como os povos indígenas na era colonial pensavam e funcionavam nas múltiplas arenas de seu mundo híbrido – como foram influenciados pelos europeus e como, por sua vez, influenciaram os recém-chegados.

O que falta, na maioria das vezes, é um estudo de fontes recuperadas em que não exista referência aos espanhóis – isto é, os registros produzidos inteiramente "fora do radar" dos europeus. Em outras palavras: a respeito de que os nahuas conversavam ou de que tratavam quando estavam entre si e não respondiam às necessidades ou às perguntas do mundo espanhol? Os melhores exemplos desse fenômeno são as histórias escritas por nahuas para sua própria posteridade. Eles tinham uma antiga tradição performática – o *xiuhpohualli* – na qual uma série de falantes usava linhas do tempo glíficas pintadas como dispositivos mnemônicos para a recuperação de relatos orais complexos. Nesse gênero, composto principalmente de recitações da história, um artista podia fazer uma pausa e cantar uma música relevante, ou incorrer no tempo presente e recitar um diálogo, quase à maneira de uma peça de teatro. Quando um orador mencionava um período de crise – uma guerra ou um grande desentendimento, e especialmente se ainda houvesse divergências de opinião acerca do assunto –, ele parava, e o mesmo período seria referido novamente por outro orador de outra linhagem ou cidade, ou por dois ou quatro outros oradores, se uma variedade de grupos fosse unida pela performance. Em meados do século XVI, os estudantes que aprenderam o alfabeto romano usaram-no para transcrever performances dessas histórias. Eles iam para casa, consultavam os anciãos e transcreviam suas palavras. Esses textos escritos se tornaram a base de uma longa tradição de manter a escrita de "anais", histórias que em geral começavam com esses segmentos antigos, mas não raro continuavam no próprio período da vida dos escritores. Em geral, os espanhóis sequer vinham a saber que seus conhecidos nativos conservavam tais histórias, e certamente não eram uma influência importante em sua produção. Evidentemente, essas fontes são, de certa forma, produto da era cristã, no sentido de que os cristãos já haviam chegado quando foram escritas, mas não estavam de modo algum impregnadas do caráter cristão, pelo menos não em larga medida. Se nos aproximarmos desses textos com atenção, eles nos revelarão muito sobre o mundo pré-conquista.

O Códice Boturini é um texto indígena pós-conquista muito antigo, estreitamente baseado em um *xiuhpohualli* pré-conquista.

Esses textos nos ajudam em grande medida a escrever a história, mas também podem nos auxiliar com um projeto adicional. Escritos em náuatle para uma audiência náuatle, eles muitas vezes começavam no passado profundo ou mítico e abordavam elementos espirituais da vida antes de adentrar na esfera de eventos políticos. Eles podem, portanto, servir como importante fonte de informação a respeito da religião asteca. No entanto, acadêmicos da religião não fizeram uso extensivo deles. Em vez disso, como se poderia imaginar, aqueles que estudam a religião asteca tendem a trabalhar no mesmo sentido de outros estudiosos dos astecas – isto é, com foco nos sítios arqueológicos e nos textos escritos em espanhol, seja por espanhóis, seja por pessoas de herança mista de gerações posteriores. Um dos textos mais consultados é a *Histoire du Mexique*, uma descrição anônima em francês do que seu autor afirmava serem crenças religiosas mexicas. É quase certo que se trata de informação extraída de um relato em espanhol que, por sua vez, se baseou em um texto produzido com pelo menos alguma participação nativa, uma vez que coincide com outros textos nativos. No entanto, muitos de seus elementos são únicos e até discordantes em relação ao que os nativos disseram em outros lugares, o que torna o texto mais do que ligeiramente suspeito. Mesmo assim, permanece como importante fonte.

Ao dar ouvidos ao que os espanhóis tinham a dizer, os estudiosos por muitos anos acreditaram que os nahuas tinham uma tradição de crer em uma "alma" muito similar à da imaginação cristã. Mencionava-se a palavra náuatle *teyolia*, que significa algo como "princípio animador". Em tempos recentes, no entanto, os estudiosos examinaram cuidadosamente os primeiros usos dessa palavra no século XVI e descobriram que era, quase sem sombra de dúvida, um termo estimulado e depois reelaborado pelos espanhóis em seu esforço de projetar pontos em comum que pudessem ser úteis em seu trabalho de conversão dos nativos[4].

Em decorrência de confiar em demasia nas fontes espanholas, aceitamos de longa data uma imagem da religião asteca a um só tempo confusa e contraditória (em razão da mistura de fontes discordantes, tanto hostis quanto empáticas) e profundamente distante e estranha (em virtude da dependência primária dos espaços dos templos piramidais e das afirmações dos conquistadores espanhóis). O que poderíamos aprender se déssemos maior atenção às histórias religiosas que os astecas compartilhavam quando estavam entre si?

---

4. Cf. Olko; Madajczak (2019).

COLOCANDO AS HISTÓRIAS EM LÍNGUA NÁUATLE NO CENTRO

Em um mundo ideal, este livro estaria baseado nos livros pictográficos dobráveis que, noutros tempos, se encontravam conservados em palácios e templos no mundo asteca; mas não vivemos em um mundo ideal. Cerca de dezesseis livros mesoamericanos pré-contato sobreviveram às fogueiras dos cruzados espanhóis. Desses, nenhum é do vale central (embora um conjunto de três textos, chamado Grupo Borgia, pareça ter conhecido suas raízes nas proximidades). Infelizmente, porém, mesmo que descobríssemos um conjunto remanescente de livros, não estaríamos em melhores condições, no sentido de que os estudiosos ainda usam muitas suposições ao tentar ler as representações gráficas pré-contato. Tais fontes, que eram dispositivos mnemônicos projetados para suscitar uma saraivada de palavras, simplesmente não nos permitem ouvir ninguém falar frases completas. Com base nas imagens, podemos ouvir os sacerdotes entoando datas do calendário ou os nomes dos deuses, mas isso é tudo – sem verbos, sem narrativas.

O Códice Fejérváry-Mayer é um dos poucos livros pré-conquista da cultura mexicana produzida na região central (geralmente chamado "Grupo Borgia") que sobreviveu às fogueiras dos espanhóis.

Em um esforço para nos aproximarmos um pouco mais das histórias religiosas que os astecas contavam, este livro é baseado apenas em fontes escritas em náuatle que contenham segmentos de antigas recitações transcritas no início da era colonial, ou então que ofereçam reflexões autoconscientes sobre o que parecia ter se perdido ou o que parecia estar em processo de mudança na nova era. (A maioria das fontes usadas se enquadra no primeiro grupo, mas algumas no último, especialmente no fim deste livro.) Quase todos esses textos são exemplos da tradição *xiuhpohualli* descrita anteriormente – às vezes do gênero "anais", ou, no mínimo, contendo elementos que mostram a profunda influência desse gênero. Nenhum foi produzido em resposta a qualquer ímpeto espanhol, religioso ou legal. Eram projetos realizados para além da alçada dos espanhóis, na esperança de preservar o conhecimento e as perspectivas dos antepassados. Existem quinze desses textos, de uma variedade de cidades do México central (cf. quadro 1).

Neste livro, muitas das histórias dessas fontes são resumidas ou citadas. Em cada caso, se a história foi tirada diretamente do manuscrito original, a citação remete a um fólio nesse original. (Leitores curiosos não precisam ir a uma biblioteca de pesquisa estrangeira para saber mais! Eles encontrarão nas referências uma lista de versões publicadas.) Da mesma forma, se uma história foi retirada de uma tradução publicada confiável, a citação remete a uma página nesse volume.

Existem dois outros tipos de fontes que também estão incluídas. O primeiro conjunto são as letras de canção, material poético transcrito em Tenochtitlán (Cidade do México) nas décadas de 1560 e 1570, hoje chamado *Cantares mexicanos*. O projeto parece ter sido sugerido por um frade, pois os astecas não tinham o hábito de registrar esse tipo de material; eles simplesmente se lembravam de suas canções. Além desse ímpeto inicial, porém, os textos sobreviventes são em grande medida produções nahua.

Nome comum do texto	Comunidade de origem
Códice **A**ubin	México (povo tenochca)
Diálogos **B**ancroft	Texcoco
Códice **C**himalpahin	Chalco, México, Texcoco
As relações [narrativas] de Domingos **C**himalpahin	Chalco, México
Anais de **C**uautilán	Cuautilán
Anais de **J**uan Bautista	México (tenochca)
Leyenda de los soles	México
Libro de guardianes	Cuautinchán
Anais de **P**uebla	Puebla – Vale de Tlaxcala
Anais de **T**ecamachalco	Tecamachalco
Hernando Alvarado **T**ezozomoc (no Códice Chimalpahin)	México
Anais de **T**latelolco	México (povo Tlatelolco)
Anais de **T**laxcala	Puebla – Vale de Tlaxcala
Historia **T**olteca-Chichimeca	Cuautinchán
Juan Buenaventura **Z**apata y Mendoza	Tlaxcala

Quadro 1 – Fontes de histórias astecas

Por gerações, os nahuas tiveram o hábito de reaproveitar músicas antigas para novos contextos. Nos anais, eles nos dizem abertamente que apenas mudaram o nome de um rei ou um deus ou uma montanha e depois reutilizaram uma velha canção. Em razão de eles por vezes substituírem, na era colonial, nomes de antigos deuses por "Jesús" ou "Malia" (Virgem Maria), estudiosos que não leem náuatle afirmam, em algumas ocasiões, que essas produções são mais cristãs do que astecas. Mas nada poderia estar mais longe da verdade:

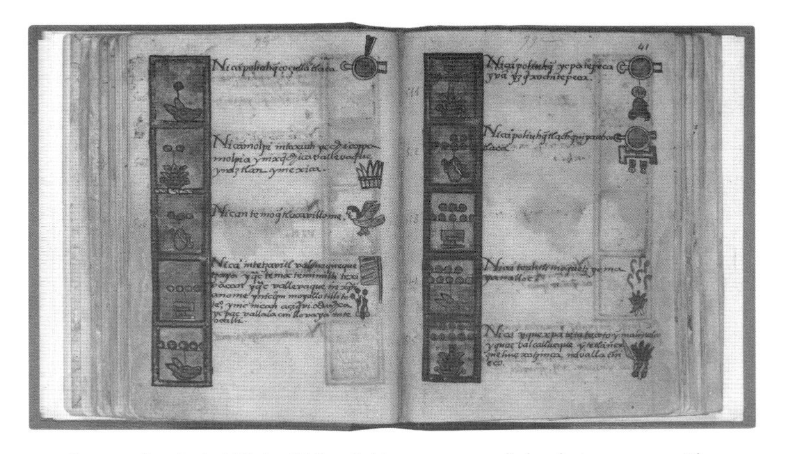

O autor do século XVI do Códice Aubin pegou uma linha do tempo ao estilo pré-conquista e colocou ao lado dela frases em náuatle que se assemelham ao que um intérprete oral teria dito nos velhos tempos.

o estilo, as metáforas, a gramática – tudo indica que o gênero era muito antigo e completamente estranho às tradições europeias[5].

O segundo conjunto adicional de fontes é uma obra semelhante a uma enciclopédia de meados do século XVI, orquestrada pelo frade franciscano Bernardino de Sahagún, que passou a ser conhecida como "Códice Florentino", pois o original se encontra na cidade de Florença, na Itália. Há muito tempo é a fonte mais confiável em quase todos os estudos sobre os astecas. Por um lado, isso faz sentido, pois os frades pediram aos auxiliares nativos que entrevistassem dezenas de anciãos e registrassem o que dissessem sobre a velha vida. Por outro lado, a fonte é problemática, pois os espanhóis eram os responsáveis pela formulação das principais questões colocadas, particularmente as relacionadas à natureza maligna dos antigos deuses e cerimoniais. Este livro cita o Códice Florentino quando oferece expressão rica e detalhada da língua náuatle, expressão

5. Cf. Sorensen (2022).

que não parece ter sido produzida em resposta a perguntas diretas, mas ter fluído livre e voluntariamente. O Códice Florentino é, em suma, mais útil para nós quando suas declarações incluem o que os espanhóis menos esperavam ou queriam ouvir, pois essas seções são mais propensas a representar as palavras de alguém falando de forma espontânea e sincera.

O que está *excluído* deste livro são as fontes em espanhol. Esta é, evidentemente, uma decisão pessoal. Nem todos esses textos foram escritos com veneno ou escárnio, como o comentário de Bernal Díaz a respeito de os astecas alimentarem serpentes de estimação com os corpos de prisioneiros de guerra. Alguns foram escritos por europeus dotados de bom senso e cuidado, alguns dos quais falantes da língua náuatle, que haviam sido criados desde a infância entre os nahuas. Outras fontes em língua espanhola foram escritas por descendentes de povos indígenas de herança mista, que tinham adquirido conhecimento dos velhos costumes em diálogo com anciãos ou mediante o estudo dos glifos antigos. No entanto, este livro deixará todo o seu testemunho de lado: uma vez que comecemos a permitir evidências de pessoas que não foram criadas nas tradições e muitas vezes tinham um conhecimento muito limitado delas, podemos nos encontrar em território estranho e duvidoso. É provável que, depois de mais atenção ter sido dedicada às fontes puramente náuatle, chegue o momento certo para retomar essas outras fontes mais distantes com o intuito de tecer comparações e ponderar acerca do que elas podem nos ensinar. Mas, por ora, é tempo de pararmos de recorrer a elas.

Acompanhando a série Thames & Hudson, este livro usa o termo "mito", mas o faz com cautela. A palavra "mito" pode se referir a qualquer conto fundacional, muitas vezes de natureza espiritual; mas também pode se referir a uma história que é falsa. Quando usamos esse termo europeu para descrever as histórias religiosas de regiões ou tradições que já foram conquistadas ou parcialmente suprimidas pelos europeus, corremos o risco de parecer indicar que as histórias dessa região ou tradição são de alguma forma menores ou equivocadas. Uma referência a "mitos astecas" é, portanto, potencialmente ofensiva, de uma forma que as referências a "mitos celtas" ou "mitos gregos" não são. Este livro, portanto, na maioria das vezes fala de "histórias" astecas, mas não evita completamente a palavra "mito". Afinal, o termo transmite uma sensação da importância de histórias específicas e fundamentais de uma maneira que nenhuma outra palavra faz. Ela nos convida para um mundo espiritual sobre o qual muitos de nós queremos saber mais. Os bardos astecas certamente não teriam se preocupado com o uso de uma palavra estrangeira em particular. Eles estariam mais interessados em nos introduzir no círculo de ouvintes expectantes sentados em torno de uma fogueira, esperando que eles começassem sua história.

2

O UNIVERSO DIVINO

> É dito que quando tudo ainda estava nas trevas, quando ainda nenhum sol havia brilhado e nenhum amanhecer despontado – assim se diz –, os deuses se reuniram e se aconselharam entre si.
>
> [...] Quando chegou o meio da noite, todos os deuses cercaram a lareira, que se chamava *teotexcalli*, onde por quatro dias o fogo havia ardido.
>
> [...] Nanauatzin, ousando de um só impulso, decidiu [criar o sol]. Ele fez o coração endurecer e fechou os olhos com firmeza. Ele não se assustou. Ele não desistiu, ele não vacilou, ele não voltou atrás. De um só impulso, ele se lançou ao fogo.[6]

No começo, havia o tempo. Os anos se estendiam para trás, em direção ao passado primordial e sem forma, e avançavam indefinidamente ao futuro ainda a ser imaginado. Para os astecas, as pessoas se tornaram civilizadas – isto é, demonstraram que entendiam seu lugar no universo mais amplo – quando passaram a observar e registrar a passagem do tempo. Para eles, o equivalente a um século consistia em quatro conjuntos de treze anos solares. Sempre que fundavam oficialmente uma nova cidade-Estado, eles "empacotavam" um conjunto de cinquenta e dois anos imediatamente pregressos e celebravam a ocasião da fundação produzindo um registro escrito de sua posição no tempo em relação ao pacote de anos. E eles conservavam esses registros. Ao

6. Cf. Dibble; Anderson (1950-1982, 7:6).

A Pedra do Sol Asteca, também chamada de Pedra do Calendário Asteca, mostra os sinais de vinte dias. Com doze pés de diâmetro e pesando cerca de vinte e cinco toneladas, a peça foi esculpida pouco antes da conquista. Os historiadores da arte ainda debatem seu propósito. Os espanhóis enterraram a pedra sob a praça principal da Cidade do México, e ela não foi redescoberta até 1790.

mesmo tempo, mantinham em separado um calendário cerimonial regularmente repetido de 260 dias. Séculos mais tarde, muito depois da conquista espanhola, vários deles ainda se lembravam de como rastrear e registrar o tempo à maneira dos antigos.

O CALENDÁRIO ASTECA

Como quase todos os demais povos mesoamericanos antigos, os astecas estavam sempre medindo o tempo de duas maneiras: a cada instante, eles sabiam em que momento temporal estavam a partir de um calendário anual baseado no sol, mas também eram capazes de se localizar a partir de um complexo ciclo de repetição de nomes de dias espirituais. (Na tradição anglófona, é feita a mesma coisa: tem-se ciência da data e também há o acompanhamento de uma lista repetitiva e independente de dias que recebem os nomes a partir de deuses nórdicos.)

O calendário mesoamericano mais antigo era o ciclo de nomes de dias espirituais. Vinte sinais de dia repetidos eram alinhados com uma sequência de números de um a treze, criando 260 pares únicos formados de nome e número, ao fim dos quais o ciclo recomeçava. É muito provável, segundo se constata, que essa contagem tenha sido desenvolvida por parteiras, que contavam do primeiro dia de um período menstrual perdido até o dia do nascimento, o que resulta em um número muito próximo de 260 dias. Os bebês recebiam o nome do dia em que vieram ao mundo. Embora os vinte sinais e seus referentes variassem um pouco em toda a Mesoamérica, em nível profundo eles se assemelhavam bastante. O quadro 2 (a seguir) lista as imagens e os nomes como existiam entre os astecas.

Enquanto isso, o calendário solar seguia seu curso: dezoito meses de vinte dias cada um produziam um total de 360 dias, aos quais se seguiam cinco dias em branco, um período assustador (o dos dias *nemontli*, "aqueles que não pertenciam a lugar nenhum") durante o qual as pessoas oravam diariamente na escuridão antes do amanhecer, esperando o sol nascer no leste.

Os dois ciclos de tempo retornavam juntos ao ponto em que haviam começado a cada cinquenta e dois anos; nesse momento, o tempo era cerimonialmente "empacotado" e marcado naquele ponto, da mesma forma que observamos a passagem de um século e o início de um novo.

A cada ano solar era dado o nome da figura do ciclo de 260 dias que aparecia como o último dia do último (ou 18º) mês, que resultava sempre em Caniço, Faca, Casa ou Coelho. Em outro vínculo com o calendário cerimonial, esses quatro sinais se repetiam em grupos de treze, produzindo um total de cinquenta e dois nomes de anos

Nome náuatle tradução para o português	Nome náuatle tradução para o português	Nome náuatle tradução para o português
Cipactli *Crocodilo*	Tochtli *Coelho*	Cuauhtli *Águia*
Ehecatl *Vento*	Atl *Água*	Cozcacuauhtli *Abutre*
Calli *Casa*	Itzcuintli *Cão*	Olin *Movimento/ Tremor*
Cuetzpallin *Iguana*	Ozomatli *Macaco*	Tecpatl *Faca*
Coatl *Cobra*	Malinalli *Grama*	Quiahuitl *Chuva*
Miquiztli *Morte*	Acatl *Caniço*	Xochitl *Flor*
Mazatl *Cervo*	Ocelotl *Jaguatirica*	

Quadro 2 – Os signos astecas do dia

possíveis. Então eles veriam os anos Um Caniço, Dois Faca, Três Casa, Quatro Coelho, Cinco Caniço, Seis Faca, Sete Casa, Oito Coelho, Nove Caniço, Dez Faca, Onze Casa, Doze Coelho, Treze Caniço; seguidos de Um Faca, Dois Casa e assim por diante.

O quanto cada indivíduo nas ruas sabia sobre esse sistema é debatido. Algumas pessoas podem ter tido conhecimento de apenas parte do calendário. Mas os sacerdotes, os médicos e os xamãs certamente o conheciam por inteiro. Eles podiam contar o tempo de maneiras tão complexas que é difícil chegarmos, nos dias atuais, a um bom entendimento a respeito disso.

CRIANDO O MUNDO

No longo desenrolar do tempo, foram muitos os fins desastrosos, mas uma nova vida sempre surgiu. De fato, houve quatro sóis antes do atual: quatro vezes no passado o mundo viu destruição seguida de um novo começo. Contadores de histórias individuais se lembravam da ordem dos eventos e de alguns detalhes de maneira diferente, mas a essência permanecia a mesma[7]. Um dos sóis – talvez o primeiro, ou o mais recente – havia nascido no dia Quatro Água; por fim, o sol morreu, e as pessoas foram varridas pelas inundações e transformadas em peixes. Outro sol nasceu no dia Quatro Vento. Mais tarde, as pessoas foram transformadas em macacos e sopradas pelos galhos das árvores ao redor da terra. Outro sol nasceu no dia Quatro Jaguatirica. As pessoas daquela época haviam sido comidas por felinos gigantes ou outros devoradores de homens – ou talvez fosse o próprio sol que havia sido comido, engolido em um eclipse do qual não havia recuperação. (Para descrever um eclipse do sol, os astecas sempre diziam: "O sol foi comido", e na verdade ele parecia uma tortilha ou um biscoito com uma mordida.) Certo era que o terceiro sol havia nascido no dia Quatro Chuva, porém o destino não estava aludindo a uma chuva aquosa, mas sim a uma chuva de fogo, com a lava enterrando as pessoas daquele tempo em um único dia. Essa história pode ter nascido de uma antiga memória coletiva da destruição vulcânica da grande cidade-Estado de Cuicuilco, por volta do ano 200. Ou talvez os contadores de histórias estivessem apenas completando uma ladainha de atos divinos destrutivos, cada qual possibilitando uma nova criação.

Àquela altura, o povo vivia sob o Quinto Sol, nascido no dia Quatro Movimento (*Nahui Olin*), a palavra raiz *olini* implicando a possibilidade do perigo de grandes terremotos (uma ameaça

7. Cf. Anais de Cuauhtitlán (fólio 2); *Leyenda de los soles* (fólio 75).

Com seu amor pelo sol e pela lua, os artistas indígenas do século XVI adotaram rapidamente as convenções europeias em seu retrato dos dois e, em seguida, fizeram adaptações criativas.

constante em sua terra). A história da criação do Quinto Sol era muito bonita. "Quando tudo ainda estava na escuridão, quando ainda nenhum sol havia brilhado e nenhum amanhecer havia surgido – diz-se –, os deuses se reuniram e se aconselharam entre si em Teotihuacán."[8] Teotihuacán foi – e é – o local dos vestígios mais impressionantes do México antigo. Os estudiosos não sabem que língua falavam lá, mas os astecas, quando chegaram do norte, ficaram tão impressionados com o que restava do lugar que o nomearam em sua própria língua "Lugar daqueles que tinham grandes deuses", ou então "Lugar das pessoas que se tornam deuses", a depender de como se ouve a palavra[9]. Na história que contavam, os deuses pediram que alguém estivesse disposto a fazer o que fosse necessário. "Quem carregará o fardo? Quem se encarregará de ser o sol, de trazer a aurora?" Alguém que se gabava muito de si mesmo respondeu rapidamente. Era Tecuciztécatl. "Quem mais?", perguntaram os

8. Cf. Dibble; Anderson (1950-1982, 7:4).

9. Cf. Andrews (2004, p. 498).

deuses. Ninguém mais respondeu. Quem *não* deu um passo à frente foi Nanauatzin, cujo nome significava "Espinhento". Ele apenas ficou na multidão ouvindo o que era dito. Mas então os deuses olharam para ele e disseram: "Você será o escolhido, Nanauatzin". Embora não tivesse pedido, ele aceitou a tarefa que lhe foi entregue, reconhecendo: "Vocês têm sido bons para mim, ó deuses".

Então, por quatro dias, tanto Tecuciztécatl quanto Nanauatzin fizeram penitência e se prepararam para uma tarefa sagrada. À meia-noite, os deuses os vestiram, dando um cocar de penas de garça a Tecuciztécatl, que fora o primeiro a se voluntariar, mas apenas uma coroa de papel a Nanauatzin. Já era hora. Tecuciztécatl novamente foi primeiro. "Ele foi se lançar no fogo. E quando o calor o atingiu, foi insuportável, intolerável, insustentável... Ele ficou apavorado, parou com medo, virou-se e voltou. E então, mais uma vez, lançou-se." Ele tentou quatro vezes. "Mas não podia de forma alguma se atrever a fazer aquilo."

Em seguida, foi a vez de Nanauatzin, que nunca havia pensado em si mesmo como um herói. "Ele fez o coração endurecer e fechou os olhos com firmeza. Não se assustou. Ele não desistiu, não vacilou, não voltou atrás. De um só impulso, lançou-se ao fogo. Ele ardeu; seu corpo crepitava e chiava." (Depois, vendo o que Nanauatzin havia feito, Tecuciztécatl se jogou e se tornou a lua, mas a glória nunca lhe pertenceria. Ele nunca brilharia tanto.) Os deuses esperaram para ver o que aconteceria, olhando em todas as direções, pois não sabiam onde o sol apareceria. "E quando o sol nasceu, quando ele explodiu, apareceu vermelho. Ele continuou balançando de um lado para o outro. Era impossível olhar em seu rosto; ele cegava quem o fizesse."[10] Mais uma vez, uma nova vida, uma nova vida gloriosa, havia sucedido a morte, assim como a luz seguiu as trevas.

10. Cf. Dibble; Anderson (1950-1982, 7:4-7).

COMPREENDENDO A DIVINDADE

A coragem silenciosa de Nanauatzin foi ricamente recompensada. O mundo do Quinto Sol era incrivelmente belo, de uma beleza profunda e comovente. Seguindo o exemplo da lua, a águia e o jaguar saltaram para as chamas depois de Nanauatzin, demonstrando que eram corajosos como guerreiros e que da mesma forma arriscariam tudo pelo bem de seu povo:

> Conta-se como ali voou uma águia, que seguia os outros seres [que tentavam criar um sol]. Ela se jogou de repente na fogueira. Lançou-se enquanto a fogueira ainda ardia. Então suas penas ficaram chamuscadas e enegrecidas. Depois, seguiu-se um jaguar. Ele chegou quando o fogo já não ardia alto. Ficou queimado em vários lugares, chamuscado pelo fogo, pois não ardia com tanta intensidade. Por isso ele só ficou manchado, pontilhado de pontos pretos, como se tivesse sido salpicado de preto. A partir daí, segundo se conta, criaram – daí foi tirado – o costume de chamar e nomear alguém que fosse valente, um homem [isto é, um verdadeiro guerreiro]: ele recebeu o nome de águia-jaguar.

Em cada mês cerimonial, os fiéis astecas vestiam-se como diferentes figuras divinas que podiam ser interpretadas de várias maneiras. Após a conquista, alguns diziam que este, do Códice Telleriano-Remensis, era Tezcatlipoca, outros Huitzilopochtli.

O Livro XI do Códice Florentino representa todos os aspectos do mundo natural. Os artistas demonstravam tanto seu amor ao detalhe naturalista quanto a imaginação criativa. No universo divino, eles sabiam, um peixe voador podia se revelar à semelhança de um pássaro, ou uma abelha poderia ser a estrela de um grande drama. Uma cobra podia atacar a partir do subsolo ou em um dia que, de outro modo, seria belo, ou uma serpente com penas poderia subitamente ser vista no céu.

O voo das águias e o rugir dos jaguares eram experiências de tirar o fôlego. Poetas erguiam suas vozes para honrar o momento: "A águia estava chamando, o jaguar gritou. E você, um flamingo vermelho, saiu voando do meio de um campo para um lugar desconhecido"[11].

Na verdade, toda a terra agitava o coração, em todos os lugares que se olhava. Águas verde-azuladas fluíam, arco-íris cintilavam, peixes brilhavam, pássaros disparavam, flores luziam na glória de sua beleza: "Eu escuto os cantares das flores, como se as colinas estivessem entoando uma melodia em resposta a elas"[12]. Na verdade, toda a terra estava imbuída da qualidade do divino, caso se tivesse olhos para vê-la. E esses mais corajosos dentre os animais ou mais belos dentre os prazeres terrenos ajudavam as pessoas comuns a verem essa qualidade do divino. Era o trabalho de artistas, músicos e, às vezes, contadores de histórias tornar essa divindade visível e, portanto, muitas vezes se concentravam em tais imagens à medida que realizavam seu trabalho. Nos mitos ocidentais, geralmente há um forte elemento de dualismo, do bem contra o mal, da luz contra a escuridão e assim por diante. Mas a filosofia asteca é um exemplo de monismo. Nas palavras de um antropólogo que trabalha há décadas com falantes vivos de náuatle: "O monismo [...] [é] uma visão de mundo na qual as pessoas consideram todos os seres vivos, objetos inanimados e processos naturais como uma expressão de um único substrato ou fundamento da existência. Essa substância, energia ou qualidade essencial é toda poderosa, sagrada e onipresente, embora permaneça em grande parte invisível e, portanto, difícil para as pessoas discernirem em suas vidas diárias"[13]. Em suas canções, os astecas muitas vezes se referiam a Ipalnemoani, "Aquilo pelo qual há vida", ou Tloque Nahuaque, "Aquilo que está

11. Cf. *Cantares mexicanos* (fólio 22).

12. Cf. *Cantares mexicanos* (fólio 1).

13. Cf. Sandstrom (2021, p. 41). Para um debate completo, cf. Maffie (2014).

perto, aquilo que está próximo" (me rodeia de todos os lados). Eles pareciam estar falando de um princípio divino que conectava todos os humanos com toda a natureza.

De acordo com essa interpretação – e ao contrário do que os ocidentais muitas vezes quiseram acreditar –, os astecas não eram de fato politeístas. Eles eram, sim, panteístas. A divindade estava em toda parte, revelando-se aos humanos sob o disfarce de seres divinos virtualmente infinitos, que eram, em sua totalidade, aspectos da mesma força. Os estudiosos que esperavam encontrar um panteão claro, comparável aos deuses olímpicos da Grécia antiga, por exemplo, muitas vezes se frustraram, pois os nomes e os atributos dos deuses parecem se multiplicar e se sobrepor a outros, de modo que é quase impossível determinar qual figura era o deus de qual aspecto da vida. Em vez disso, o rosto de Deus poderia de repente se revelar no milho que estava sendo cozido (ele deveria ser tratado com gentileza) ou em uma pedra preciosa que um pescador encontrou na barriga de um pelicano (que era, afinal, o "rei das aves aquáticas" e o "coração da água"[14]), ou, da mesma forma, em um rio correndo, ou em uma estrela cadente, ou em um arco-íris. Às vezes, até mesmo um vento tinha nome sagrado. E cada pessoa que dá nomes a essas entidades ou vê o divino nelas pode imaginar a situação de maneira um pouco diferente.

Certamente, cada pequeno estado étnico, ou *altépetl* (literalmente, "montanha-água", pré-requisitos para a fundação de uma aldeia), tinha seu próprio deus protetor ou sua força, cujas características podiam mudar. O povo deu um nome a uma emanação do divino com quem podia falar, e em suas histórias davam o mesmo nome aos sacerdotes que os ajudavam a orar ao divino, que os ajudavam a extrair respostas para suas perguntas ou soluções para seus problemas em contato com o deus tutelar. Enquanto viajavam, esses

14. Cf. Dibble; Anderson (1950-1982, 11:29).

sacerdotes carregavam feixes sagrados, cheios de objetos que revelavam, ou incorporavam de forma visível, a divindade do universo: pedras preciosas e conchas, penas de seda, folhas de abeto aromáticas. Os sacerdotes enterravam os pacotes na base de seus templos sempre que os estabeleciam, esperando que os ajudassem a invocar o divino. No caso dos mexicas, o nome de seu deus protetor era Huitzilopochtli ("De pé esquerdo como um beija-flor"); seu templo e as orações dirigidas a ele mudaram de maneira significativa ao longo dos anos.

De modo ocasional, as fontes revelam muito diretamente a fluidez da situação. Um ancião, ao contar uma história, dizia que certo povo sempre havia adorado Mixcoatl, às vezes glosado como o deus da caça, mas, quando esse povo uniu forças com outro grupo, ambos concordaram alegremente em renomeá-lo Citecatl (um ser mais feminino), o nome do deus protetor do grupo mais poderoso[15]. O nome era apenas um rótulo, afinal, projetado para ajudar os humanos. Em uma linha comparável, quando um assessor indígena explicou, mais tarde, aos frades espanhóis como as parteiras haviam auxiliado os partos, ele citou as mulheres evocando uma variedade de deuses, exclamando, por fim: "Quem sabe de fato a quem elas chamaram"[16].

No entanto, o mosaico de qualidades divinas se organizava regularmente nas figuras de três deuses, ou pode-se dizer três grandes princípios, aos quais todos reconheciam, embora nem sempre os vissem exatamente da mesma maneira. Os três princípios eram: o caos (ou a mudança imprevisível); o mundo terreno (tanto exuberante quanto seco) do qual todos os humanos dependiam; e uma força criativa etérea, quase inefável, transgredindo fronteiras e trazendo beleza à vida dos humanos.

---

15. Cf. Chimalpahin em Tena (1998, 1:349).

16. Cf. Dibble; Anderson (1950-1982, 6:160).

O *ALTÉPETL*

Os astecas valorizavam tanto a soberania quanto a conexão. Eles organizavam suas vidas de acordo com o que um estudioso chamou de "princípio celular"[17]. Pequenas entidades políticas se uniam para formar uma unidade maior, e essas unidades maiores poderiam, por sua vez, se unir para formar uma entidade ainda maior. Em cada nível, as pessoas desfrutavam de uma medida de autonomia administrativa, mas também investiam em fazer parte de uma comunidade maior e aceitavam que a tolerância era necessária.

A unidade mais importante era o *altépetl*, geralmente entendido como uma pequena cidade-Estado habitada principalmente por pessoas da mesma etnia. O termo significava, literalmente, "montanha-água" e, sem dúvida, aludia à ideia de que todo assentamento precisava de uma posição defensável, bem como de uma fonte de água. O termo, contudo, também tinha associações espirituais profundas. As cidades que não estavam de forma alguma no topo de uma colina ainda usavam o glifo universalmente reconhecido que mostrava uma colina subindo acima de uma caverna aquosa, uma alusão à vida nascida da terra e da água, e aos mistérios do interior da terra. ("Eles costumavam dizer que as colinas eram em verdade mágicas, com terra, com rocha na superfície; que eram como potes ou baús; que estavam cheias da água que estava lá."[18]) Todo lugar reconhecido como um *altépetl* tinha seu próprio *tlatoani*, literalmente "orador", uma referência à ideia de que um líder falava em nome de todo o grupo. (Em português, traduzimos essa palavra como "chefe" ou "rei".)

Cada *altépetl* era composto por unidades menores. Às vezes, elas eram chamadas de *calpolli* (que significa "casa grande"); outras vezes, de *tlaxilacalli* (uma casa de algum tipo, embora o significado literal tenha se perdido para nós). Cada uma dessas subunidades era governada por um *teuctli*, um senhor dinástico, e todas as pessoas que eram relacionadas a ele eram consideradas *pilli* (plural: *pipiltin*), ou nobres. Em tempos de crise, um desses senhores dinásticos podia desafiar o *tlatoani* de toda a *altépetl*. Normalmente, porém, as coisas corriam de forma pacífica, com os vários *calpolli* cooperando entre si e compartilhando tarefas. Podia ser o caso de uma unidade de trabalho ficar encarregada de fazer a manutenção do templo em um ano, e de outra unidade fazer no ano seguinte, por exemplo; podemos pensar

17. Cf. Lockhart (1992).

18. Cf. Dibble; Anderson (1950-1982, 11:247).

em cada *calpolli* como uma combinação de paróquia e espaço administrativo, mas com um nobre à frente.

Da mesma forma, vários pequenos *altépetl* podiam se unir para formar um *huey altépetl* ou "*altépetl* maior". Nesse caso, cada unidade, *tlayacatl* (uma espécie de sub-*altépetl*, ou *parcialidad* em espanhol), tinha seu próprio *tlatoani* independente, mas, trabalhando rumo ao consenso, eles eram capazes de atuar como um conglomerado unificado em suas relações com pessoas de fora. Essas entidades, na verdade, podiam ser tão grandes quanto os participantes quisessem imaginar: sob o domínio colonial espanhol, os nahuas às vezes se referiam a todo o México como seu "*altépetl*"!

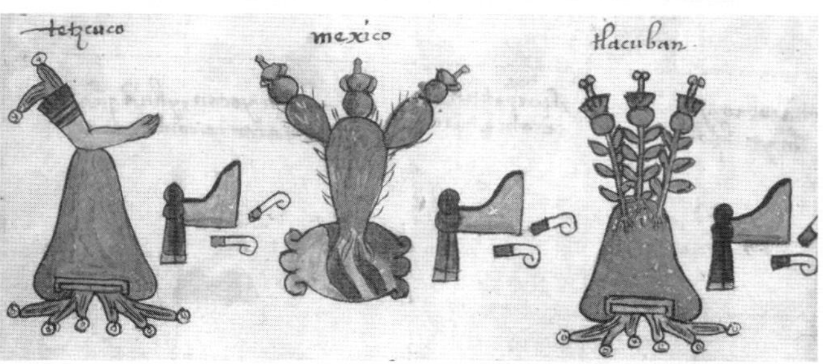

O glifo que significa *altépetl* sempre trazia uma montanha em forma de pirâmide com o sinal de água enterrado a seus pés. O nome específico de uma cidade aparecia acima. A única exceção era o sinal para a capital asteca de Tenochtitlán (abaixo, centro): uma pedra (*te*) servia como plataforma para um cacto com a opúncia, fruta do *nopalli* (*-noch-*), às vezes seguida pelo sinal de "no lugar de" (*-titlán*).

O primeiro desses três princípios ou forças foi reconhecido como o maior ou mais poderoso. Este era Tezcatlipoca, "Espelho nebuloso" – nome que fazia referência às misteriosas profundidades e aos movimentos vistos em reflexos (especialmente em espelhos de obsidiana). Ele era o portador da mudança por meio de conflitos ou atos aleatórios de poder. Muitas vezes era chamado por outros nomes: Titlacahuan ("Somos seus servos"); Moyocoya ("Criador"); Moquequeloa ("Zombador"); Necoc Yaotzin ("Guerra de ambos os lados"); Yohualli ("Noite", às vezes "Vento noturno"); ou Teixmatini ("Conhecedor de outros"). De vez em quando, as pessoas diziam que ele mesmo era simplesmente Ipalnemoani. Tezcatlipoca trouxe alegria a todos os mortais, riquezas aos mercadores e poder aos chefes. Mas ele poderia facilmente tirar essas coisas. Por vezes, punia pessoas que feriam a fé ou se mostravam arrogantes, mas às vezes ele, caprichosamente, trazia perdas mesmo para aqueles que não haviam feito nada de errado. Então o povo clamou e implorou-lhe misericórdia, desesperado para que não zombasse deles, para que não os destruísse com a mesma facilidade com que se esmaga uma pedra preciosa ou se pisa em uma pena. Em um funeral, eles cantavam: "O

O deus da caça, Mixcoatl, segura flechas e uma bolsa de comida. Ele estava intimamente associado tanto a Tezcatlipoca quanto às divindades da terra, caso de Tlalteuctli, um parceiro de Tlaloc.

jade se quebra em pedaços, a pena se divide. Você ri. Nós não somos nada: você nos olha como se fôssemos nada. Você nos esconde, nos destrói [nos mata]"[19]. Tezcatlipoca podia fazer o que quisesse.

A segunda figura ou princípio divino que todos reconheciam era mais frequentemente chamada de Tlaloc ("Coberta com a terra" ou "Cheia de terra"). Às vezes ele era chamado de Xoxouhqui ("Verde"), ou Tlamacazqui ("Doador"). Os espanhóis a chamavam de deus da chuva – mas as coisas não eram tão simples assim. Ele aparecia também como vários Tlaloque (plural de Tlaloc), um dos quais vivia em todas as montanhas, e um em cada primavera. E os Tlaloque eram encontrados em outro lugar: Atlacoya ("Drenador de águas") era capaz de evitar a seca. Sem mais, era possível que dissessem que Napa Teuctli ("Senhor das quatro direções") era um dos Tlaloque porque fazia os caniços crescerem no lago onde os mexicas viviam. A figurativa "irmã mais velha" dos Tlaloque, sua liderança, era Chicome Coatl ("Sete serpentes"), às vezes chamada de Cinteotl ("Grão divino"), que ajudava no desenvolvimento das plantações. Tlaloc poderia atormentar ou oferecer misericórdia a Tlalteuctli ("Senhor da terra"), entidade por vezes feminina, por vezes masculina. Alguns diziam que Tlaloc tinha uma consorte ou irmã, Chalchiutlicue ("Saia verde de jade"), enquanto outros diziam que ela também era uma dos Tlaloque. Ela vivia em ondas e água corrente e podia virar uma canoa – mas muitas vezes ela era a própria chuva, outra maneira de entender Tlaloc. Quando o povo orava por chuva, eles podiam suplicar a qualquer um ou a todos esses seres, às vezes se dirigindo a eles como "mestre", e chamando-os quase exatamente como faziam com Tezcatlipoca, implorando por misericórdia. Essas orações lembravam aos deuses que as pessoas comuns não mereciam sofrer com a seca:

19. Cf. *Cantares mexicanos* (fólio 12).

Aqui estão as pessoas comuns, aquelas que são a cauda e as asas [da sociedade]. Elas estão perecendo. Suas pálpebras estão inchando, suas bocas, secando... Finos estão seus lábios, e suas gargantas estão sem cor. Com olhos sem viço vivem os bebês, as crianças [até os mais jovens] – aqueles que cambaleiam, aqueles que rastejam, aqueles que passam o tempo revirando terra e cacos de cerâmica, aqueles que vivem sentados no chão, aqueles que se deitam nas tábuas, que enchem os berços. Todas as pessoas enfrentam tormento, aflição. Eles testemunham o que faz os humanos sofrerem. Não há quem passe incólume.[20]

Uma representação de Tlaloc no Códice Borbonicus.

Das três figuras ou princípios divinos mais conhecidos, o mais difícil de definir era Quetzalcoatl ("Cobra emplumada" ou mais literalmente "Serpente como uma ave quetzal"). Ela podia se mover da terra ao céu

20. Cf. Dibble; Anderson (1950-1982, 6:35).

e, como um ser capaz de cruzar fronteiras, era a protetora dos sacerdotes. Ela estava no vento e nas tempestades (embora Tezcatlipoca também pudesse estar lá), o que lhe conferia o epíteto de "varredora de estrada para os Tlaloque". Mais importante, e mais difícil de colocar em palavras, ela trazia consigo entusiasmo e criatividade, uma qualidade de alcançar algo maior do que o que estava imediatamente diante da percepção. Ela estava associada à melhor arte e à excelência artística. Em uma história, foi Quetzalcoatl quem primeiro fez os humanos das cinzas – ou talvez fosse dos ossos de eras anteriores – e depois obteve o milho para que eles comessem. Ela sempre esteve associada à criação e ao nascimento – era até mesmo chamada de Teyocoani ("Criadora de pessoas"), e em orações era frequentemente associada a Cihuacoatl Quilaztli, "Mulher cobra", uma corajosa deusa guerreira frequentemente invocada por parteiras. No entanto, essa força criativa também podia ser dura. Ela estava associada com Vênus, a estrela da manhã, e em certos dias, quando Vênus se levantava, trazia a morte a certos grupos de pessoas. (Podia ser a vez dos muito velhos, por exemplo, ou, em outros dias, dos muito jovens.) O criador, ao que parecia, também podia fazer as vezes de destruidor.

Esculturas de Chalchiuhtlicue são encontradas em toda a região central do México.

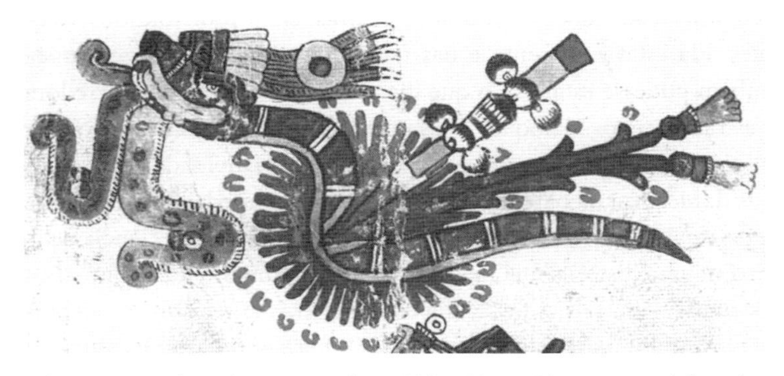

A serpente emplumada representada no Códice Bórgia. Observe que até ela está se permitindo ser sacrificada.

Assim, voltamos à ideia de que as características dos deuses eram compartilhadas entre eles e, de certa forma, compunham desde sempre um todo uno. Quando as parteiras chamavam Quetzalcoatl Teyocoani e Cihuacoatl Quilaztli, elas também cantavam que o novo nascimento havia sido falado ou ordenado pelos Dois (Ome Teuctli, "Dois senhores", e sua consorte, Ome Cihuatl, "Duas mulheres"), aludindo a uma díade de destinos que parecem ter vivido nas camadas superiores do universo[21]. Da mesma forma, quando Quetzalcoatl inicialmente buscou materiais para fazer a humanidade, ele foi a Mictlan, o território dos mortos nas profundezas da terra, para procurar os ossos de seres de eras anteriores; e aquilo de que precisava, ele pediu a uma díade macho-fêmea, desta vez Mictlan Teuctli ("Senhor da Terra dos Mortos") e Mictecacihuatl ("Senhora dos mortos"), que consentiram e lhe deram instruções verbais[22]. Essas não eram apenas histórias paralelas; elas eram, em alguns sentidos, a mesma história. As palavras de macho e fêmea, proferidas juntas, traziam vida.

---

21. Cf. Dibble; Anderson (1950-1982, 6:141).

22. Cf. *Leyenda de los soles* (fólio 76).

CONTANDO AS HISTÓRIAS DOS DEUSES

Todas as dezenas – até centenas – de deuses sobrepostos poderiam aparecer como personagens em histórias dos tempos antigos. Nesse contexto, eles eram seres divinos que caminhavam pela terra, participando de dramas semelhantes aos humanos, mas com significado cósmico. Alguns contadores de histórias, por outro lado, acreditavam que estavam falando de seres humanos antigos, meros mortais nomeados pelos deuses dos quais eram servidores e dos quais haviam absorvido parte do poder do divino. Vemos suas diferentes percepções da situação nas histórias que nos legaram. Os mesmos seres e até as narrativas podem assumir formas distintas. Um contador de histórias pode imaginar um mundo natural caprichoso, uma divindade com a qual os humanos precisavam aprender a lidar, enquanto outro pode falar de emoções humanas básicas, um mundo de ingratidão e vingança, desejo e apaziguamento, embora em um palco divino. Consideremos, por exemplo, a história da poderosa deusa Itzpapalotl ("Borboleta obsidiana"). Ela deu instruções aos primeiros humanos sobre como disparar as flechas que lhes havia dado – instruções que, não se pode deixar de notar, refletiam as experiências dos astecas em migrar para o sul como bandos de guerreiros em busca de lendários vales verdes:

> Vocês devem ir para o leste, e lá vocês devem disparar. Da mesma forma, para o norte, para as terras desérticas, e lá vocês devem disparar. Da mesma forma, para o oeste, e lá vocês devem disparar. Da mesma forma, para as terras do jardim, as terras das flores, e lá vocês devem disparar.[23]

23. Cf. Anais de Cuauhtitlán (fólio 3).

PACOTES SAGRADOS

Em todo o mundo nativo do continente americano, uma grande variedade de povos manteve e protegeu pacotes sagrados. Esses pacotes continham itens preciosos investidos da divindade e revelavam a divindade aos mortais comuns. Às vezes, continham ossos de ancestrais, às vezes minerais que refletiam a luz, como mica, ou outros belos elementos do mundo natural.

A arte mesoamericana antiga dos mundos maia e mexicano central retrata esses pacotes em formato arredondado, com nós elaborados. Pacotes sagrados também aparecem nas histórias astecas mais antigas, que falam de sacerdotes que carregavam os pacotes para seu povo em suas migrações em curso, protegendo-os com cuidado. Quando chegavam a um lugar e ali permaneciam, falavam em enterrar um pacote ou pacotes sob suas têmporas ou em seu "coração", como diziam.

Nem todos os pacotes eram velhos. Eles eram criados quando as pessoas enfrentavam circunstâncias especiais. Em uma história, os mexicas pediram ao rei de Culhuacán, que lhes permitia que se estabelecessem em sua terra, que abençoasse seu esforço dando-lhes outro pacote sagrado: "'Agora, senhor, dê-nos uma coisinha para o coração de nosso altar de terra.' Então o *tlatoani* disse: 'Pois bem. Vocês merecem. Que os sacerdotes lhes deem um coração'". Mas, em um esforço para destruir os mexicas, a quem ele temia, o rei decidiu dar-lhes um pacote perigoso que incorporava os piores aspectos do universo,

Em uma versão da história, quando o povo errante da flecha apareceu atirando, os quatrocentos Mixcoa ("Povo da serpente das nuvens") estavam à frente, e apesar do fato de que eles estavam cumprindo suas ordens, a deusa indiferente os derrubou e devorou. Todos, exceto um, isto é: o mais novo, meramente chamado Mixcoatl, escapou. Ele se escondeu dentro de um providencial cacto do deserto, depois saltou e matou Itzpapalotl. Ele transformou as cinzas dela em um pacote sagrado para incorporar sua divindade para sempre, e durante anos tal pacote protegeu o povo. Em verdade, dizia-se que a viúva de um dos primeiros chefes que se tornou governante por sujeira e desordem. "Ele deu ordens aos sacerdotes, dizendo-lhes: 'Dê-lhes um coração de excremento e cabelo, e também um *poxaquatl* [um pássaro que voa sem rumo].' Os sacerdotes foram colocar o coração à noite [em segredo]". Felizmente, os sacerdotes mexicas tiveram o bom senso de olhar para dentro do pacote sagrado que havia sido dado a eles. "Eles ficaram muito tristes." Claro, eles o destruíram e o substituíram por um pacote diferente, que continha folhas especialmente bonitas e poderosas que eram usadas em cerimônias.[24]

Os quatro portadores dos pacotes sagrados dos astecas, como representados no início do Códice Boturini pós-conquista. Havia três homens e uma mulher.

direito próprio, chamada Xiuhtlacuilolxochitzin ("Flor do pintor do ano"), em homenagem às histórias pintadas que ela guardava, tinha seu conhecimento e talentos precisamente porque tinha o talento de invocar o poder de Itzpapalotl. Nessa versão da história de Itzpapalotl, a vida era difícil, mas perfeitamente administrável se alguém soubesse como lidar com o divino[25].

24. Cf. Códice Aubin (fólios 21v-22). Cf. também Anais de Tlatelolco.

25. Cf. Anais de Cuauhtitlán (fólios 1 e 4).

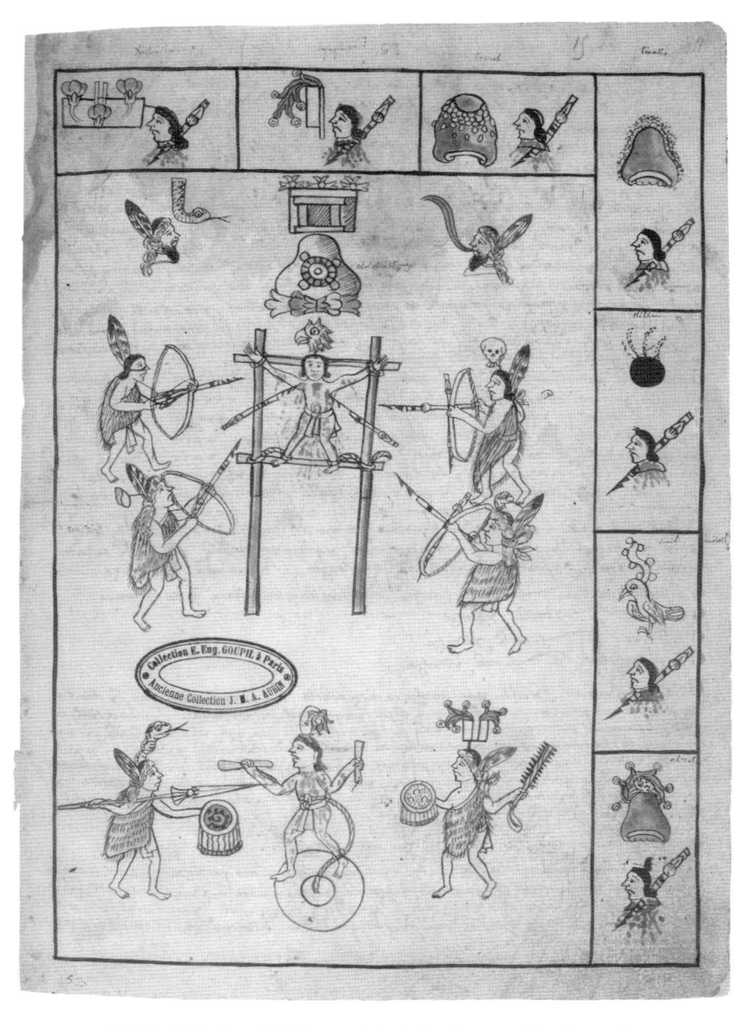

A *Historia Tolteca-Chichimeca* foi criada algumas décadas após a conquista por pessoas que viviam em Cuautinchán, no vale de Tlaxcala. Arcos e flechas desempenham um papel central no drama.

Outra versão da história, no entanto, era muito mais assustadora, combinando os vários elementos de uma maneira totalmente diferente, de forma a dar vazão a emoções primitivas. Aqui, o personagem chamado Mixcoatl era um ser divino cuja esposa deu à luz quatrocentos filhos, mas estes não eram gratos nem obedientes. Mixcoatl – em certa medida tão poderoso que é chamado de "o sol" – até lhes deu pássaros para que pudessem usar as penas para fazer dardos e caçar e depois dar oferendas ao pai, mas eles não o fizeram. Em vez disso, passavam o tempo fornicando e bebendo muito pulque (vinho de cacto). Por isso, Mixcoatl disse a seus cinco filhos mais novos (de quem mais gostava) para aniquilarem seus irmãos, e eles o fizeram. Alguns, no entanto, sobreviveram. Um dia, dois deles foram caçar veados, passando o dia e a noite perseguindo cruelmente as criaturas vulneráveis. Então, dois dos que haviam sido veados se transformaram em mulheres e começaram a seduzir os dois caçadores. Um dos homens caiu no ardil, e a mulher se voltou contra ele com fúria e arrancou-lhe o coração. O outro irmão fugiu, pois sua perseguidora feminina felizmente (para ele) ficou presa em um providencial cacto do deserto, e ele voltou para casa chorando por seu irmão morto. Ele e o outro Mixcoa decidiram queimar a figura que conheciam como Itzpapalotl e transformá-la em um pacote para torná-la o poder espiritual do povo. Então, recém-empoderado por um deus protetor, o homem Mixcoa – agora também chamado simplesmente de Mixcoatl – deu vazão à sua raiva, investido de uma espécie de fúria, uma verdadeira onda de conquista.

Por fim, ele se deparou com Chimalman, a mulher de seus sonhos. Sem saber o que fazer, ele disparou contra ela. Quando a primeira flecha se aproximou, ela desviou. Quando a segunda veio, ela desviou para o lado. Quando a terceira veio, ela a agarrou. Quando a quarta veio, ela a deixou passar entre as pernas. Então ela se virou e correu para um desfiladeiro, para que ele não a pudesse encontrar. A violência de Mixcoatl contra os outros continuou, então os compatriotas da mulher pediram que ela fosse até ele. Ela consentiu e engravidou de um ser divino chamado Quetzalcoatl. Dessa história de fúria e dor surge uma figura de grande criatividade[26].

---

26. Cf. *Leyenda de los soles* (fólios 78-80).

TRADIÇÕES DO PULQUE

A planta do agave era bastante valorizada pelos astecas. Suas folhas grossas e suculentas podem ser fermentadas e transformadas em pulque (uma variante da bebida que atualmente chamamos de tequila). A pele das folhas secas pode ser transformada em papel, e as fibras, à maneira do cânhamo, em fio, que os astecas usavam para tecer roupas simples quando o algodão não estava prontamente disponível. Os astecas produzia agulhas com os espinhos encontrados nas bordas das folhas, e quando a planta perene acabava se desgastando, eles a ferviam, comiam as raízes e transformavam as folhas em palha para seus telhados.

Apesar de seu amor por essa planta extraordinária, porém, os astecas eram ambivalentes sobre seu principal derivado, o pulque. Várias histórias falam de personagens que a beberam excessivamente e, em sua embriaguez, cometeram crimes contra suas sociedades. (Quetzalcoatl, por exemplo, esqueceu-se de seus deveres sacerdotais e dormiu com a própria irmã.) De fato, era entendido que apenas os idosos tinham o direito adquirido de beber o quanto quisessem. Portanto os astecas certamente não queriam confundir a milagrosa planta do agave com o pulque. Historiadores da arte descobriram que os pré-colombianos em geral associavam uma deusa à planta e diferentes divindades (geralmente masculinas) ao pulque. Entre os astecas, os últimos eram os Quatrocentos Coelhos, possivelmente representando os quatrocentos Huitznahua mortos por Huitzlopochtli, ou às vezes uma divindade coletiva chamada Ome Tochtli, Dois Coelho, o espírito de um dia do calendário. "Dizia-se que quem nascesse naquele dia seria um grande bêbado." Era, acrescentou um comentarista, descrevendo o comportamento de tal homem, "como se ele tivesse se entregado [ao pulque]"[27].

A história de Quetzalcoatl surge igualmente em muitas formas, mas em essência as versões trazem mensagens similares[28]. É consenso que a valente Chimalman deu à luz Quetzalcoatl. Na versão mais detalhada

27. Cf. Dibble; Anderson (1950-1982, 4:11).

28. Cf. *Leyenda de los soles* (fólios 78-80); Dibble; Anderson (1950-1982, 3); Anais de Cuauhtitlán (fólios 3-5).

e forte, no entanto, Chimalman não deseja contar ao filho quem foi seu pai, e ele e outros supõem que ela engoliu uma pedra mágica (motivo comum a várias tradições nativas do continente americano, sempre em conexão com uma gravidez que não havia sido desejada). Quando mais próximo da forma humana, o Quetzalcoatl das histórias construiu templos requintados com pedras preciosas e penas iridescentes. Ele é responsável pela introdução do chocolate quente e da cerâmica. Mas Tezcatlipoca trouxe discórdia para este mundo adorável. Primeiro ele trouxe a falta de confiança em si: trouxe um espelho para Quetzalcoatl, que, pela primeira vez, viu que ele mesmo não era bonito como o mundo que estava fazendo, mas feio. Ele ficou horrorizado ao pensar que seu povo o veria como ele realmente era e jurou que nunca mais se mostraria. Então seus servos fizeram uma máscara turquesa para ele. Satisfeito, Quetzalcoatl saiu para ver o povo e liderar cerimônias sagradas – mas então Tezcatlipoca cuidou para que ele perdesse o autocontrole: ofereceu muito pulque a Quetzalcoatl. Em sua embriaguez, Quetzalcoatl chamou sua irmã, deitou-se com ela e abandonou seus deveres cerimoniais. Quando percebeu o que havia feito, no meio de sua vergonha e dor, decidiu deixar seu povo e viajou para o leste até Tlapallán ("Lugar das cores"), deixando distintas formações de terra como que moldadas por sua pisada em direção à costa. Quando chegou lá, ele corajosamente se incendiou:

> E eles dizem que enquanto ele queimava, suas cinzas se ergueram. E o que apareceu e o que eles viram foram todos os pássaros preciosos subindo ao céu. Eles viram ajajás rosados, cotingas, surucuás, garças, papagaios verdes, araras escarlates, papagaios de testa branca e todas as outras aves preciosas. E assim que suas cinzas foram consumidas, eles viram o coração de um quetzal subindo, e assim eles souberam que ele tinha ido para o céu, tinha entrado no céu. Os idosos costumavam dizer que ele foi transformado na estrela [Vênus] que aparece ao amanhecer. Assim, dizem que ela apareceu quando Quetzalcoatl morreu, e chamaram a estrela de Senhor do Amanhecer.[29]

29. Cf. Anais de Cuauhtitlán (fólio 7).

Em algumas versões da história, o ser chamado Quetzalcoatl é mais violento do que este, mas sempre é uma força profundamente criativa que, no entanto, também é capaz de trazer morte e destruição.

Para os mexicas especificamente, uma história central era a de Huitzilopochtli, seu deus protetor. As duas longas narrativas náuatle sobreviventes a seu respeito compartilham elementos-chave: um ser divino se envolve em uma luta sangrenta com sua irmã (e, em uma das versões, também com sua mãe) quando ela o ofende. No entanto, no fim, quando Huitzilopochtli matou sua irmã (ou sua mãe), não há a sensação de que a justiça foi feita; apenas, mas sim que o passado é cheio de dor e fúria que nós, humanos, não temos escolha senão digerir de forma a seguir em frente.

Há muito chamado de "cocar de Moctezuma", esta peça pode não ter de fato pertencido ao rei. Como outros tesouros astecas, é feito de penas, conchas e pedras preciosas e fragmentos de ouro.

As penas do quetzal e de outras aves tropicais figuram com destaque nas histórias e na arte asteca.

Em uma versão, a deusa Coatlicue ("Saia de serpente") era a mãe dos quatrocentos Huitznahua (uma das sete unidades ou clãs *calpolli* originais que compõem o povo mexica). Um dia, Coatlicue encontrou uma pena e a guardou em um pacote perto do coração; isso a engravidou. Esse foi outro caso de um pai desaparecido: "Ninguém se apresentou como pai". Os outros filhos de Coatlicue ficaram furiosos, não querendo receber um meio-irmão de algum pai desconhecido que pudesse usurpar-lhes o lugar. Sua filha Coyolxauhqui ("Vestida de sino"), que, como a mais velha, era considerada a portadora de herdeiros, decidiu fazer guerra contra a própria mãe e matá-la, assim como a criança que trazia. A mãe, aterrorizada, acalmou-se apenas quando o ser que carregava revelou-se uma emanação do deus protetor Huitzilopochtli. Ele disse o que essas figuras sempre dizem: "Não tema, pois eu sei o que fazer". Esperando até que os agressores se aproximassem, ele surgiu ao mundo como um bebê totalmente formado – em verdade, já como um guerreiro (pintando-se, com seu bom humor, com o que encontrou em sua fralda suja!) A fúria com que Huitzilopochtli saiu em defesa de sua mãe e de si mesmo não conhecia limites: "Ele perfurou [sua irmã]

***HUITZILLIN*: O BEIJA-FLOR**

Os astecas adoravam beija-flores. Apesar de seu pequeno tamanho, os beija-flores são admiravelmente fortes e dotados de grandes habilidades de sobrevivência. Eles são capazes de voar a velocidades espetaculares ou pairar por bastante tempo em qualquer ângulo, mesmo de cabeça para baixo. Podem parecer ferozes com seus bicos elegantes em forma de espada, que usam para se alimentar do néctar das flores – e que, para os astecas, eram um símbolo de guerreiros. Para economizar energia, os beija-flores podem entrar em um estado de torpor, a ponto de parecerem mortos, e então ganhar vida quando as condições o permitem. A maioria deles vive localmente, mas

Variedades de beija-flores encontradas no Códice Florentino.

Coyolxauhqui, e então rapidamente cortou-lhe a cabeça. Esta foi parar na encosta de Coatepetl ("Montanha da serpente"). O corpo, por sua vez, veio abaixo e se partiu em pedaços, com seus braços, suas pernas e seu tronco caindo em diferentes lugares". Então o guerreiro-bebê enfurecido foi atrás de seus meios-irmãos mais velhos, que haviam apoiado Coyolxauhqui. Eles pediram misericórdia ao mais novo, "mas o coração de Huitzilopochtli não encontrou paz". Apenas alguns poucos escaparam dele[30].

30. Cf. Dibble; Anderson (1950-1982, 3:1-5).

algumas espécies migram do extremo norte para o México, perfazendo o mesmo caminho dos ancestrais dos astecas. À luz do sol, suas penas coloridas e iridescentes são incrivelmente bonitas[31].

Os mexicas, em particular, pareciam ver no beija-flor uma espécie de alterego. Seu deus tutelar se chamava Huitzilopochtli. Apesar da ideia popular de que o nome significava "Beija-Flor à Esquerda", na verdade a palavra se traduz como "Canhoto como um Beija-Flor". Para os nahuas, aqueles que eram canhotos eram especiais e admiráveis; não havia estigma ligado a essa característica como havia na mitologia ocidental. E ser como um beija-flor era sobretudo desejável para um guerreiro e líder de guerreiros. O deus Huitzilopochtli era, como mostram as histórias, um guerreiro, e também guiava pessoas que eram sobreviventes.

Os mexicas diziam que um de seus primeiros líderes, que vivera antes mesmo de se constituir um *altépetl*, em um tempo em que ainda eram andarilhos, chamava-se Huitzilihuitl, que significa "Pena de Beija-Flor". Talvez quisessem dizer que ele era um desdobramento do deus Huitzilopochtli; talvez simplesmente quisessem dizer que ele próprio era uma reminiscência de um beija-flor; ou talvez estivessem aludindo às preciosas qualidades das penas. É possível que todas as opções fossem verdadeiras. Por gerações, alguns membros da família real mexica carregaram esse nome ancestral.

Em outra versão, Huitzilopochtli se assemelha mais a um sacerdote humano agindo em nome do deus, mas a fúria descontrolada e suas consequências dolorosas permanecem as mesmas. Dessa vez, Huitzilopochtli era o líder de seu povo, e ele compreendeu que sua irmã, Malinalxochitl ("Flor de relva torcida") – que era chamada de "irmã mais velha" do povo, novamente significando que eles esperavam que ela fosse mãe do herdeiro –, não era boa. Ele não gostava do fato de que ela era uma feiticeira poderosa que usava magia para propósitos ruins, "fazendo com que os outros se perdessem". Então,

31. Cf. Montero Sobrevilla (jul. 2020).

um dia, quando ela se encontrava em um estágio avançado da gravidez e, portanto, bastante vulnerável, ele levou o povo embora enquanto ela dormia. (Mais tarde, ela acordaria e cairia em um choro convulsivo por ter sido abandonada.) Huitzilopochtli disse aos quatrocentos Huitznahua: "A atividade dela não é minha atividade". E ainda: "Recebi a flecha e o escudo, pois a guerra é minha atividade, e, arriscando meu peito e minha cabeça, trarei todos os *altépetls* ao redor sob meu poder [...]. Não será em vão que eu os conquistarei. Trarei à existência a casa da preciosa pedra verde, a casa do ouro, a casa das preciosas penas de quetzal, a casa do jade verde, a casa das conchas, a casa das ametistas". E muito mais riqueza ele lhes prometeu. Ao fim e ao cabo, Huitzilopochtli fez um bom trabalho ajudando as pessoas, mostrando-lhes todas as criaturas comestíveis que viviam no lago no meio do vale. Mas elas queriam mais, lembrando-lhe que quando ele dividiu o grupo, levando alguns deles para longe de Malinalxochitl, ele lhes havia prometido imensos tesouros. Com isso, Huitzilopochtli ficou furioso – fosse com a ingratidão deles, fosse com a lembrança de suas próprias falhas, ou ambos. Ele matou os quatrocentos Huitznahua – a começar pela própria mãe, aqui chamada Coyolxauhcihuatl ("Mulher vestida de sino"). Todos ficaram aterrorizados; até os pássaros deixaram o vale[32].

Mais tarde, um feiticeiro chamado Copil (uma espécie de coroa), que era a criança nascida da irmã abandonada de Huitzilopochtli, veio ao encontro de seu tio para travar com ele uma luta. "Huitzilopochtli disse: 'Bom. Não foi você que nasceu de minha irmã mais velha Malinalxoch?'" (Ele pronunciou erroneamente o nome dela para insultar o sobrinho.) "Então Copil disse: 'Sim, sou eu. Vou pegá-lo; vim para destruí-lo. Por que você deixou minha mãe furtivamente enquanto ela dormia? Eu vou matá-lo!'" Mas, na verdade, foi Huitzilopochtli quem o matou. Ele arrancou o coração de Copil e disse a seu povo que o lançasse ao lago, no meio dos juncos, onde a

32. Cf. Códice Chimalpahin (1:77-83).

A descoberta desta escultura asteca em 1978 acabou por levar à escavação do Templo Mayor. As imagens da pedra representam claramente a história de Coyolxauhqui e seu desmembramento.

cidade de Tenochtitlán mais tarde seria fundada e se tornaria grande. Disse-lhes que deveriam ficar em uma formação rochosa específica dentre as deixadas pelo deus Quetzalcoatl quando ele viajou para o leste e arremessar o coração pelo ar em uma determinada direção. Mas – acrescentou o contador de histórias –, embora Copil tenha morrido, a filha dele sobreviveu e se casou com um mexica e teve descendentes. Então talvez o passado não fosse tão sombrio quanto parecia à primeira vista[33].

Na maioria das vezes, esses contadores de histórias não tentavam evocar a beleza do universo conhecido: esse era, em geral, o trabalho de poetas e cantores. Em vez disso, eles procuravam ajudar as

33. Cf. Códice Chimalpahin (1:83-87); Tena (1998, 1:159).

pessoas a pensar nas fontes de discórdia e fúria destrutivas e nas possíveis maneiras de lidar com tais crises quando elas surgissem e de superá-las. Eles estavam longe de ser amantes da paz: tal abordagem teria levado seu povo a certo desastre no mundo em que viviam. Mas eles também estavam muito longe de celebrar a violência. Eles pareciam querer que as pessoas entendessem as origens da violência, que vissem os conflitos de vários pontos de vista. Os estudiosos às vezes pensam que a brutalidade de Huitzilopochtli em relação à sua irmã (ou mãe) evidencia misoginia. Não há, porém, nada nas fontes que sugira que os contadores de histórias ou seu público tenham absorvido o ódio às mulheres. Não se prezava o que Huitzilopochtli fazia, tampouco havia a noção de que as mulheres precisavam ser colocadas em seu lugar como mulheres. Ouvindo qualquer uma das versões da história, alguns provavelmente teriam ficado chocados e horrorizados com o comportamento de Huitzilopochtli; outros teriam pensado que ele não tinha escolha a não ser tentar estabelecer domínio, dadas as situações em que se encontrava. Afinal, era a força que eles queriam de um deus protetor. No entanto, mesmo esses provavelmente teriam que reconhecer que as ações do deus os deixavam claramente desconfortáveis. (Lembre-se, até os pássaros foram embora!)

A IDEIA DE SACRIFÍCIO

Se há uma ideia com a qual todos os textos religiosos astecas concordam é que se espera que as pessoas tentem valorizar a beleza, o que há de especial, a glória desta vida na terra que é dada a nós, humanos, por um tempo. Tanto os contadores de histórias quanto os cantores trabalhavam juntos para recordar a seus espectadores tudo aquilo pelo qual tinham de ser gratos. O tempo na terra era fugaz – diziam que era "emprestado" do universo –, mas era tudo o que havia. Cabia a eles, portanto, gozar o tempo. Não deviam desperdiçar o tempo que tivessem, mas sim viver a vida ao máximo: deveriam valorizar o povo de seu *altépetl* e trabalhar por seu futuro. As mães diziam às filhas em seus casamentos que, embora a vida fosse mais difícil do que parecia à primeira vista, ela lhes traria grande alegria. Deviam se lembrar de que, nos tempos difíceis: "Para quem" – e as mães eram enfáticas em seu questionamento – "é justo ceder à morte?"[34] Quando a morte chegasse, seria o fim, mas, se as pessoas vivessem como deviam, sua comunidade não morreria e elas mesmas seriam lembradas com amor. "Choro, chego no sofrimento da orfandade" – entoavam os cantores em um funeral. "Lembro que o jade e o verde cobriram aquele que queimamos."[35] Lembravam-se dos mortos amados como se estivessem vivos.

A vida religiosa asteca centrava-se em agradecer aos deuses pela vida que lhes havia sido dada, pelo menos por um tempo. Eles faziam isso de várias maneiras – coletando e espalhando abetos cheirosos, varrendo até que o chão ficasse impecável, permanecendo a noite toda em vigílias exaustivas e se perfurando com espinhos e espalhando seu próprio sangue. (Jovens corajosos tinham que fazer isso com seus próprios pênis!) Mas havia também a questão da necessidade de desistir da vida humana para nutrir os deuses, da mesma forma que se pedia aos animais que se entregassem aos caçadores para que os humanos pudessem viver. Nanauatzin saltou no fogo para salvar seu povo, e Quetzalcoatl também encontrou forças para fazê-lo quando lhe pareceu que seu povo estaria melhor sem ele. De tais provações, um criou o sol, e o outro, a estrela da manhã. Mas esses eram seres divinos. A maioria dos humanos não suportaria sacrificar suas vidas dessa forma. Na verdade, estar muito ansioso para desistir do precioso presente não teria sido certo. Desse modo, nas histórias antigas, as pessoas preferiam oferecer a vida de seus inimigos.

Pelas Américas, era prática generalizada que um ou dois guerreiros inimigos fossem sacrificados após a vitória na batalha. Os condenados não eram humilhados, mas reverenciados, em especial se morressem bravamente. Eles eram mortos em um espaço sagrado,

---

34. Cf. Dibble; Anderson (1950-1982, 6:94).

35. Cf. *Cantares mexicanos* (fólio 13).

em meio a orações. Especificamente na Mesoamérica, a prática de sacrificar um prisioneiro de guerra ocasional também havia existido por séculos. Tradicionalmente, as vítimas eram tratadas com muito respeito. E foi também assim entre os astecas falantes de náuatle – pelo menos no início. (Mais tarde, como veremos, a liderança mexica transformaria a prática em arma. Eles viriam a matar números substanciais todos os meses. Mas eles não podiam se dar ao luxo de fazer isso quando sua cidade-Estado era jovem e vulnerável. Teria sido impossível, até mesmo impensável, naquela fase.) Originalmente, aqueles que estavam perto da morte eram alojados com todo o luxo e a eles era oferecido todo tipo de conforto. Aqueles que permanecessem vivos entendiam-se profundamente gratos aos que estavam próximos da morte. "Ele é como meu filho", entoou um captor quando seu prisioneiro no campo de batalha estava prestes a ser morto[36]. Depois, o sangue da pessoa sacrificada era levado para as casas das pessoas na *calpolli*, ou bairro, que a tinham oferecido, e era passado nos lábios de estatuetas de barro de quaisquer deuses que ali fossem adorados[37]. Assim, os deuses eram alimentados.

Facas de sílex sagradas com olhos e dentes de madrepérola.

36. Cf. Dibble; Anderson (1950-1982, 2:53).

37. Cf. Dibble; Anderson (1950-1982, 2:184-185).

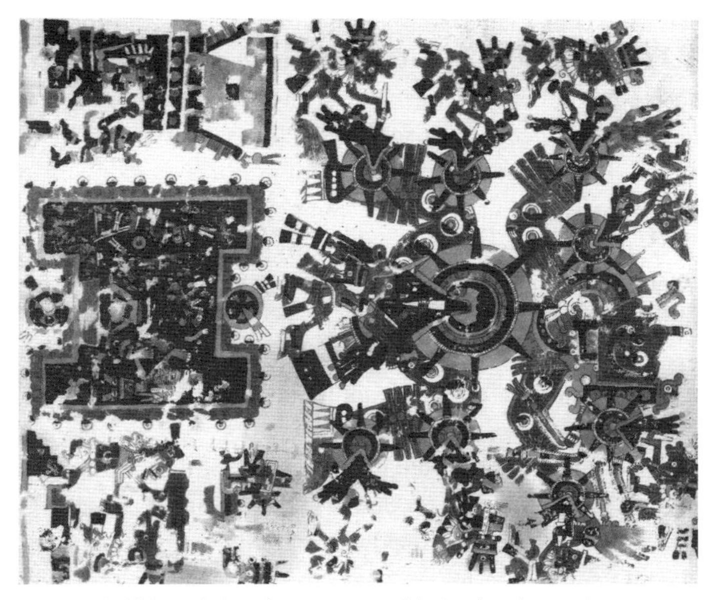

O Códice Bórgia pré-conquista não foi pintado pelos mexicas, mas vem de um grupo cultural da região do México central bastante próximo a esse grupo. Ele servia de guia para os sacerdotes em suas cerimônias de sacrifício. A complexidade de sua cosmovisão é evidente.

Cada pessoa na região central do México entendia que a morte em uma pedra sacrificial poderia facilmente ser seu próprio destino se seu povo perdesse uma guerra. Eles cantavam sobre essa possibilidade e contavam histórias sobre isso. Não a desejavam. Na verdade, havia um velho ditado, que se aplicava com solidariedade a uma pessoa acometida de algum tipo de problema sério: "Ele já está à beira do fogo. Ele já está na escada do templo"[38]. O comentarista que anotou o velho adágio acrescentou que era naturalmente considerado melhor dar avisos e conselhos úteis antes que tal ditado de fato se aplicasse.

38. Cf. Dibble; Anderson (1950-1982, 6:242).

Os astecas não julgavam que tinham de estar dispostos a pular direto no fogo – pois se mostravam dispostos a arriscar a vida por seu povo de outras maneiras. Jovens guerreiros eram comparados a flores: eram espécimes gloriosamente belos da estrutura humana e, ao mesmo tempo, tão frágeis quanto as flores quando iam para a guerra, arriscando a morte no campo de batalha ou, posteriormente, na pira de sacrifício, caso fossem feitos prisioneiros. As mulheres arriscavam suas vidas toda vez que passavam pelo parto: Quilaztli, a deusa a quem elas mais frequentemente chamavam em seu *miquizpan*, seu tempo de enfrentar a morte, carregava um escudo e as ajudava a tentar capturar uma vida do universo. Se morressem, eram consideradas santas e também poderosas; de fato, as mulheres que morriam dando à luz eram verdadeiramente aterrorizantes para a maioria das pessoas que as mencionavam.

Havia, em verdade, um pouco mais na história original da criação. O sol, que já fora o bom e velho Nanauatzin, descobriu, depois de ter se imolado, que, por mais que ardesse, não conseguia deslocar-se no céu. Os seres humanos vieram a seu socorro: ele foi alimentado e carregado por aqueles que estavam dispostos a morrer por seu povo. De manhã, os guerreiros que haviam morrido em batalha o levaram ao zênite. À tarde, mulheres que haviam morrido no parto o levaram para seu lugar de descanso. Foi assim que esses dois grupos de fato desistiram de suas vidas por outros, tanto concretamente nos assuntos da terra quanto simbolicamente em seu serviço ao sol[39].

Nesse dever que desempenhavam no firmamento, os jovens adultos que haviam desistido de seus futuros terrenos desfrutavam de uma vida após a morte em certo sentido negada a outros. Pois havia três destinos possíveis com a morte. Alguns poucos eram levados para Tlalocan, um paraíso exuberante sem seca: eram

39. Cf. Dibble; Anderson (1950-1982, 6:162-163).

UM UNIVERSO EM CAMADAS

Dentro da academia ocidental, surgiu uma verdadeira mitologia sobre a suposta crença dos astecas em nove ou treze camadas de céu, vigiadas por uma dualidade masculina/feminina onipotente na camada superior, e nove camadas equivalentes do submundo.

Infelizmente, nenhuma fonte de língua náuatle nos diz isso. A noção vem de descrições um tanto discordantes presentes em duas fontes coloniais: uma delas é um documento escrito em espanhol por um espanhol tentando conferir sentido ao que ouvira (a *Historia de los mexicanos por sus pinturas*); e a outra, um conjunto de desenhos anotados criados por um italiano (o Códice Vaticanus A, às vezes chamado de Códice Rios). A descrição nesse último certamente lembra a *Divina comédia* de Dante, que pode muito bem ter sido a inspiração.

No entanto, há algum grau de verdade na história. Letras de poemas de canções antigas e certos anais ocasionalmente aludem às "nove camadas" quando estão falando do mundo, e também há referências pictóricas pré-conquista à noção de uma grande árvore da vida, com raízes nas entranhas da terra ou em águas profundas e galhos no céu mais alto. De fato, em muitas religiões nativas norte-americanas, encontramos árvores atuando como portais entre mundos, então seria interessantíssimo se os astecas tivessem tal noção. Quem dera pudéssemos saber mais sobre isso – mas as fontes do náuatle nos dizem pouco sobre o assunto. Provavelmente, cada pessoa tinha sua própria visão imaginativa de tal árvore, ou pelo menos de um mundo em camadas.

Mais tarde, os frades espanhóis assumiram que Mictlan, a terra dos mortos, era sinônimo do submundo, ou pelo menos de uma certa camada do submundo. Mas nem sempre foi assim. Nas fontes da língua náuatle, Mictlan às vezes se referia a uma caverna sem ar nas profundezas do mundo, mas também às vezes se referia aos céus, para onde aqueles que morreram em guerra viajavam.

pessoas que haviam morrido afogadas ou atingidas por raios, ou que haviam morrido de doenças relacionadas ao acúmulo de água (tumores, inchaço, bolhas). Aqueles que tinham tal destino eram considerados particularmente bons de coração e merecedores de tal céu[40]. A maioria das pessoas, no entanto, viajava pela estrada escura para Mictlan, a terra dos mortos, o "lugar do fim da jornada, o lugar de nenhuma saída ou abertura. [...] Você [o deus] esmaga a vida como uma pluma. Você a apaga como uma pintura. Todos apenas vão para Mictlan, o lugar em que desaparecemos juntos"[41]. As pessoas na terra que se lembravam daqueles que morriam oravam e cantavam por eles por quatro anos. Mas, ao término desse tempo, os mortos "desapareciam completamente"[42]. Somente aqueles que foram alimentar e cuidar do sol no céu viveram durante algum tempo em um mundo aéreo habitado por lindos pássaros e borboletas. Lá, podiam aproveitar as belezas do mundo por um pouco mais de tempo. De fato, alguns diziam que eles *eram* os pássaros e as borboletas. Decerto, eram lembrados e honrados em cânticos e orações. Mas até eles, por fim, desapareciam. O tempo avançava, e outros viveriam em seu lugar.

Repetidamente os mitos deixavam claro que aceitar essa realidade era uma das condições para encontrar alegria na vida, para apreciar o que temos na terra pelo tempo que nos é dado, pois apenas a mudança era eterna. Mas a dor dessa perda inevitável podia ser suavizada pelo conhecimento de que uma pessoa – ou um povo – seria lembrada à medida que o tempo passasse. E eles seriam bem lembrados se vivessem com honra, lutando arduamente pela vida, mas aceitando o que não podia ser evitado – até mesmo a morte, quando e como viesse.

40. Cf. Dibble; Anderson (1950-1982, 3:45 e 4:115).

41. Cf. *Cantares mexicanos* (fólio 12).

42. Cf. Dibble; Anderson (1950-1982, 3:42).

3

Os primórdios da sociedade humana

> Os mexicas [derrotados] foram para Culhuacán e se estabeleceram em Tizaapan. Os culhuaques disseram a eles: "Bem-vindos, ó mexicas. Acomodem-se aqui em Tizaapan". Mas quando estavam lá há dez dias, os governantes dos culhuaques lhes deram uma ordem, dizendo: "Ó mexicas, vocês devem arrastar uma *chinampa* [um campo], no qual estarão um grou e uma cobra descolorida em razão de doença. Vocês devem colocar a *chinampa* do lado de fora do palácio". Depois que receberam as ordens, os mexicas choraram e disseram: "Pobres de nós! Como faremos isso?" Então Huitzilopochtli falou com eles: "Não tenham medo. Eu sei como devem arrastar a *chinampa* que está ali. Eu lhes mostrarei". Foram capazes de fazê-lo arrastando o relvado em partes. O grou apareceu de pé sobre a relva, e a cobra, então agitada, encontrava-se na *chinampa*. Os governantes culhuaques ficaram surpresos com isso, dizendo: "Quem são esses mexicas!?"[43]

Era uma vez um belo reino, no qual pessoas de toda a sorte se davam bem. Eles faziam suas vozes soarem em alto e bom som para dar vazão a canções e histórias; eles decoravam seus templos e suas casas com pedras preciosas, madrepérola e coral. Os chichimecas (povos selvagens), com seus arcos e flechas, haviam chegado do norte e estabelecido cruzamentos matrimoniais com aqueles nascidos nesse mundo de gênio artístico. Em todas as histórias, o lugar que criaram juntos foi chamado Tollan (traduzido como "Tula" nos

43. Cf. Anais de Tlatelolco (fólio 8).

CHICHIMECAS

Os nahuas se referiam às pessoas do norte que eles percebiam como bárbaros como "chichimecas". Popularizou-se o entendimento de que o termo significava "pessoas caninas", mas essa não é uma ideia acurada, pois a palavra para cão (*chichi*) tem dois "i" curtos, enquanto *chichimec* tem dois "i" longos. Em sua formação inicial, é mais provável que o termo tenha se referido a pessoas que caminhavam amamentando seus filhos ou cujos corpos superiores estavam descobertos (derivado do verbo *chichi*, com dois "i" longos, que significa "amamentar").

De qualquer forma, os nahuas da era colonial usaram o termo para se referir a pessoas que viviam ao norte (como os apaches), bem como a seus próprios ancestrais, que eles entendiam ter sido migrantes do deserto. Sob certos aspectos, os nahuas eram arrogantes em relação aos chichimecas quando falavam a respeito deles; mas, de outras maneiras, demonstravam certo temor e admiração pela coragem e pelo estilo do povo nômade. Isso era verdadeiro quando os nahuas falavam de seus inimigos ao norte, a quem desejavam retratar como primitivos e a quem, no entanto, também temiam; e era igualmente verdadeiro quando falavam de seus antepassados, de cuja selvageria zombavam, mas de cujo valor, no entanto, se orgulhavam.

Em suas representações pictóricas dos chichimecas, os nahuas mostravam-nos vestidos com peles ou com roupas grosseiras feitas de fibras de agave em vez de tecidos. Essa ideia também fez parte de suas histórias. Quando um antigo *tlatoani* asteca pediu uma noiva entre o povo de Cuernavaca, há muito assentado e dedicado ao cultivo de algodão, o rei de Cuernavaca supostamente perguntou: "O que ele dará à minha filha [para vestir]? Talvez a vista com plantas de pântano e fios de planta de pântano, enquanto ele se veste...!?"[44] Essa era sua maneira de dizer "De jeito nenhum!" a um chichimeca novato que desejava se casar com sua filha (cf. p. 105).

Por outro lado, os desenhos nahuas dos chichimecas sempre mostravam seus impressionantes arcos e flechas, com os quais

---

44. Cf. Códice Chimalpahin (1:120-121).

No Códice Azcatitlan pós-conquista, um homem chichimeca, vestindo um traje feito de fibras vegetais, começa seu caminho longo e errante em direção à sua nova casa.

derrubavam inimigos à direita e à esquerda. Suas flechas mágicas ou quase mágicas também entravam nas histórias, descritas como se estivessem procurando um pássaro no céu e, ao não encontra-lo, voltassem em ziguezague à terra para derrubar alguma outra presa! Os chichimecas eram entendidos não apenas como caçadores, mas também como guerreiros por excelência, e se havia um grupo de pessoas que os astecas sempre admiraram, eram os guerreiros talentosos. Não havia exército permanente: esperava-se que todos os meninos crescessem para participar da guerra. Até mesmo sacerdotes e comerciantes o faziam em rituais simbólicos. O sucesso na guerra poderia trazer fama e riqueza ao mais reles dos jovens. Ele pode até ser chamado de *cuauhpilli*, um senhor-águia, o que significa que havia alcançado a nobreza não por nascimento, mas por atos. Não é de admirar que os nahuas eram orgulhosos de seus ancestrais "selvagens".

O texto náuatle que acompanha esta ilustração no Códice Azcatitlan descreve a jornada do povo: "Aqui eles estavam perdidos nas montanhas, nas florestas, nas terras rochosas. Os mexicas seguiram seu caminho para onde quer que ele levasse".

tempos modernos). Literalmente, o nome significa "lugar de juncos", e a bacia central do México onde essas pessoas viviam era, de fato, um pântano. Mas o nome de seu povo, tolteca – literalmente, "povo de Tollan" –, significava mais: era aplicado a qualquer artesão talentoso ou pessoa de grande realização que tivesse vivido há muito tempo. No entanto, apesar da prevalência da noção como motivo, os contadores de histórias nunca dedicaram muito tempo à vida em Tollan. Nas narrativas que elaboravam, ela existia apenas como preliminar, uma introdução ao tempo de discórdia e luta que os humanos conheciam tão bem.

A DISSOLUÇÃO DE TOLLAN

Por muitos anos, os estudiosos debateram a existência ou não de Tollan (Tula). Os vestígios arqueológicos localizados nas proximidades da cidade ainda chamada Tula, no estado de Hidalgo (ao norte da Cidade do México), demonstram que já existiu uma cidade poderosa no local, por isso era tentador dizer que lá estava a verdadeira Tollan. No entanto, os vestígios no local não são tão exuberantes a ponto de serem capazes de explicar a razão de quase todas as populações falantes de língua náuatle contarem histórias de uma vida utópica na cidade dos. Também não faz sentido pensar que todos os grupos migratórios já passaram algum tempo no mesmo espaço urbano. O que a maioria dos estudiosos aceita atualmente é que Tollan era um nome simbólico, representante dos variados povos agrícolas do centro do México que aceitaram migrantes vindos do norte em seu meio. O modo de vida fixo em determinado território (sedentário) rendeu pirâmides, pinturas e projetos de irrigação que impressionavam profundamente os recém-chegados e, assim, tornaram-se parte das histórias que eles e seus descendentes contaram.

Depois de breves alusões a um período de lua de mel em Tollan, os narradores regularmente se dedicavam a descrever os conflitos que por fim eclodiram. Os eventos giravam em torno de um líder político chamado Huemac ("Grande presente"), que era enviado pelos deuses – às vezes de Tlaloc, às vezes de Tezcatlipoca. Seu nome era uma piada, pois, como presente, deixava muito a desejar: Huemac era um encrenqueiro. Ele poderia exigir uma filha do chefe de outro grupo para sacrifício; poderia se tornar tão desagradável para os outros que as feiticeiras de sua comunidade acabavam por exigir que sua filha fosse oferecida como sacrifício; poderia dar sua filha como noiva a um estrangeiro com tendências egomaníacas. Independentemente do que acontecesse, ele sempre conseguia causar tumulto político. Em uma versão, Huemac suicidou-se quando até seus seguidores mais leais ficaram enojados com sua conduta e deixaram de segui-lo[45].

De longe, a versão mais rica e detalhada da história foi a contada em Cuautinchán ("Casa das águias"), no vale de Puebla-Tlaxcala, ao leste da bacia central. Os chichimecas selvagens – aqui chamados de toltecas chichimecas – viviam em Tollan com os relativamente civilizados nonohualcas e estavam se comportando muito mal. Não era de fato culpa deles. Tezcatlipoca os havia enganado: deixou-lhes

45. Cf. *Leyenda de los soles* (fólios 82-83); Chimalpahin em Tena (1998, 1:77); Dibble; Anderson (1950-1982, 3:17-21); Anais de Cuauhtitlán (fólios 8-11).

um enjeitado para que encontrassem e criassem como se fosse deles. Este era Huemac. Os chichimecas não tinham como saber que ele havia sido criado para semear discórdia entre eles. Apenas sabiam que Huemac era um jovem príncipe.

> Quando Huemac cresceu e se tornou um jovem, deu ordens para que os nonohualcas cuidassem de sua casa. Os nonohualcas disseram-lhe: "Que assim seja, meu senhor. Que possamos fazer o que você deseja". Os nonohualcas vieram cuidar de sua casa. E então Huemac exigiu as mulheres deles. Disse aos nonohualcas: "Vocês devem me dar mulheres. Eu ordeno que suas nádegas tenham quatro palmos de largura". Os nonohualcas disseram-lhe: "Que assim seja. Vamos procurar onde pudermos conseguir uma mulher cujas nádegas tenham quatro palmos de largura". Então trouxeram quatro mulheres que ainda não conheciam o prazer sexual. Mas quanto ao tamanho, não eram o bastante. Huemac disse, então, aos nonohualcas: "Elas não são do tamanho que eu quero. Suas nádegas não têm quatro palmos de largura. Eu as quero realmente grandes". Os nonohualcas partiram com grande raiva.

A qualquer um que ouvisse essa história das exigências ridículas de um homem só restava rir, mas, à medida que a narrativa prossegue, as coisas ficam mais sérias. Huemac passou a fazer a coisa mais terrível e desonrosa que se poderia fazer às mulheres de um povo conquistado: em vez de mantê-las como esposas secundárias, como havia sugerido que faria, ele as sacrificou. Huemac amarrou as quatro recém-chegadas a uma mesa de obsidiana espelhada e deixou-as ali para que aguardassem a hora de morrer. A essa altura, os nonohualcas já estavam compreensivelmente fartos. É igualmente compreensível que eles tenham culpado os chichimecas – que adotaram Huemac – e tenham feito guerra contra eles. Assim que os nonohualcas se viram prestes a alcançar a cobiçada vitória, os chichimecas imploraram que desistissem. Seu chefe bradou: "Fui *eu* quem pediu as mulheres pelas quais estamos lutando? Que Huemac morra! *Ele* nos levou à guerra!" Os dois grupos formaram uma aliança e juntos derrotaram Huemac; porém, em um sentido importante, tal epifania ocorreu-lhes tarde demais. Eles já haviam matado muitos dos filhos uns dos outros. "Os nonohualcas se reuniram e debateram. E disseram: 'Ora, que tipo de povo nós somos? Parece que fizemos algo errado. Talvez por causa disso algo aconteça com nossos filhos e netos. Vamos embora. Deixemos nossas terras. [...] É melhor irmos embora.'" Temendo que tivessem falhado em seu dever humano de tentar estabelecer um bom relacionamento com sua parentela, os nonohualcas partiram, e o resto da história é um relato de seus esforços e dos chichimecas no sentido de encontrar paz e estabilidade sem seus antigos aliados.

No texto, os chichimecas se tornam mais uma vez andarilhos, como eram antes de se estabelecerem em Tollan – mesmo assim, sobrevivem. Seus chefes os conduzem em oração, ora aparentemente dirigida a Tezcatlipoca, ora a Quetzalcoatl, pois de fato estão falando ao universo divino. "Aqui ele nos colocou, nosso inventor, nosso criador. Teremos de esconder nossos rostos, nossas bocas [isto é, teremos de morrer]? O que ele diz? Que provações são essas de nosso inventor, nosso criador, Ipalnemoani? Ele já sabe dizer se sucumbiremos ou não. O que o coração dele pedirá? Ó Tolteca, que você tenha confiança! Força! Coragem!"[46] Era dever do povo ser otimista e lutar pelo futuro de seu povo em longo prazo.

Na história, depois de algumas vitórias, os chichimecas se encontram em uma situação difícil, vivendo como dependentes de um estado étnico mais poderoso, cujo povo estava na região há muito mais tempo do que eles. Os chichimecas são frequentemente humilhados e não podem adorar seus próprios deuses adequadamente. Mas não têm armas nem formas de revidar. Então Tezcatlipoca fala com eles e os auxilia na elaboração de um plano inteligente.

46. Cf. *Historia Tolteca-Chichimeca* (fólio 11).

Os chichimecas devem se colocar à disposição para assumir a responsabilidade de organizar as festividades de uma celebração que se aproxima. Haveria uma dança cerimonial que exigia armas. Seu líder foi falar com os chefes, pedindo permissão para que seu povo recolhesse armas quebradas e descartadas para serem utilizadas na apresentação. Ele retorna com a permissão garantida e se dirige à comunidade com lágrimas nos olhos. "Ó meus filhos, ó toltecas, tomem a ocasião com entusiasmo!", ele exclama.

> Então eles dispersam e saem para fazer as coletas, dizendo aos moradores da cidade: "Por favor, emprestem-nos suas armas antigas, alguns de seus escudos antigos e bastões de guerra – não nos interessa seu equipamento bom – se vocês nos derem isso, nós o quebraremos".
>
> "O que vocês vão fazer com eles? Para que vocês os querem?"
>
> "Vamos realizar uma apresentação para os governantes. Nós as usaremos quando dançarmos nas casas, nos lares, do seu *altépetl*."
>
> "Talvez vocês queiram nossas armas em bom estado?"
>
> "Não, meu jovem, apenas suas armas antigas, as que estiverem jogadas onde vocês descartam a água das cinzas. Vamos consertá-las, e com elas divertiremos os governantes e os chefes."
>
> Então os [outros] disseram: "Tudo bem. Nossas armas velhas estão aqui e ali, nossos escudos velhos, nossos porretes velhos. Recolham-nos. Na verdade, nem precisamos de nossas armas novas". Então as pessoas percorreram todos os lugares, buscando as armas em várias casas e pátios. Aonde quer que fossem, havia comida e bebida. Os moradores falaram com eles, apenas os menosprezaram e riram deles. Mas os chichimecas se prepararam.[47]

---

47. Cf. *Historia Tolteca-Chichimeca* (fólio 12).

Os toltecas chichimecas trabalhavam até tarde da noite, colando, pintando e consertando, transformando os objetos velhos e maltratados em armas fortes e bonitas. "Os sofrimentos que os toltecas chichimecas suportaram foram enormes", suspirou o contador de histórias. Mas eles estavam determinados a salvar o futuro de seu povo, deixado como estava sem aliados. E, por fim, eles prevaleceram.

DAS SETE CAVERNAS PARA A CIDADE-ILHA

Enquanto isso, bem ao norte, viviam pessoas que ainda nada sabiam a respeito das glórias de Tollan, de sua trágica dissolução ou do destino de seu povo errante. Pessoas que, segundo os contadores de histórias, ainda eram tão selvagens que viviam em cavernas. Mas tudo isso estava prestes a mudar... Os mexicas regularmente paravam para ouvir essa história. A julgar pelo número de vezes que foi contada e registrada, era a narrativa que os mexicas mais amavam, muito mais do que a história de Tollan, que eles tendiam a narrar em sua forma mais breve ou mesmo incorporar à narrativa favorita. Como o povo mexica estava entre os últimos a chegar à bacia central, é lógico que eles julgavam mais tocante a história das chegadas posteriores.

Essa terra ao norte, diziam os narradores, chamava-se Aztlán. A palavra *ztatl* significa "garça", e, na era colonial, alguns falantes de náuatle diziam com hesitação que Aztlán significa "Lugar das Garças", mas uma análise gramatical indica que o nome teria que ser Aztatlan. Tecnicamente, Aztlán se traduz como "Lugar das Ferramentas"[48]. Alguns narradores expandiram a ideia da casa aquática de que as garças precisavam e diziam que Aztlán era uma ilha, mas a maioria a descrevia cheia de arbustos espinhosos de algarobeira, que crescem

---

48. Cf. também Andrews (2004, p. 496).

A *Historia Tolteca-Chichimeca* oferece uma elaboração detalhada das Sete Cavernas.

em ambientes desérticos. De qualquer forma, o povo mexica, que morava ali em um lugar chamado Chicomoztoc ("Sete Cavernas"), foi orientado por seu deus, Huitzilopochtli, a deixar Aztlán para que pudesse viver a vida plenamente. Alguns disseram que havia quatro *calpolli* (ou grupos de parentesco), mas a maioria disse que eram sete, um em cada uma das sete cavernas. Em ambos os casos, quatro sacerdotes atuavam como "portadores de Deus". Eles eram os únicos que literalmente carregavam os pacotes sagrados que tornavam Huitzilopochtli visível e reconhecível para os humanos. Seus nomes eram, em geral, Cuauhcoatl, Apanecatl, Tezcacohuacatl e Chimalman. Variações dos três primeiros nomes continuariam a ser usadas como títulos para líderes poderosos por gerações. Chimalman era uma mulher, e seu nome (que significa "Ela empunha escudos") seria dado a princesas importantes no futuro. Em Quinehuayan (literalmente, "O lugar da partida posterior"), outros oito *altépetls* emergiram das cavernas e pediram para se unir aos mexicas. A identidade desses grupos muda de versão para versão, mas invariavelmente apresentavam os grupos com os quais a própria geração ou subgrupo do contador de histórias compartilhava uma história recente de construção de importantes laços e conflitos políticos. Sempre incluídos estavam os huexotzincas, os chalcas, os xochimilcas e os tepanecas. Os mexicas os aceitaram alegremente como companheiros de viagem. Assim, a princípio, parecia que os mexicas estavam destinados a ser os bons amigos de todos esses grupos[49].

De qualquer modo, antes mesmo de terem chegado longe, tudo mudou. Às vezes, parecia, infelizmente, que os humanos não conseguiam se unir sob uma causa comum e precisavam cuidar de seus próprios interesses; na verdade, essa era uma tensão central na vida humana, segundo o narrador da história. Os mexicas pararam para descansar sob uma árvore imponente – uma mafumeira, diziam

49. Cf. Códice Aubin (fólios 3-8); Anais de Tlatelolco (fólios 6-7); Códice Chimalpahin (1:71); Chimalpahin em Tena (1998, p. 183-185).

ONDE ERA E O QUE FOI AZTLÁN?

Muitas pessoas tentaram determinar exatamente onde ficava a terra natal chamada Aztlán, mas essa tarefa é inútil, pois os povos uto-astecas migraram de diferentes lugares ao longo de vários séculos. Todos os nahuas do México central, e não apenas os mexicanos – mesmo aqueles que não chamavam o lugar de "Aztlán" –, descreviam sua antiga terra natal de forma semelhante. Todos eles acreditavam que, naquela terra do norte, havia sete cavernas (Chicomoztoc) das quais seu povo havia saído. Mesmo que o foco sejam apenas os mexicanos, é necessário confrontar o fato de que eles fizeram várias pausas em sua longa migração. Seus ancestrais, assim como os de todos os outros povos, atravessaram o Estreito de Bering muitas gerações antes e passaram milênios se deslocando para o sul. Ainda assim, parece claro, com base em evidências linguísticas, que houve um longo período de residência no que hoje é o sudoeste dos Estados Unidos, de modo que parece relativamente seguro presumir que o local de origem histórica se refere a essa área.

Algumas fontes presumem que o local de origem era uma ilha – provavelmente porque pensavam que a palavra para "garça", *aztatl*, estava incorporada em "Aztlán", e as garças, é claro, dependem de sua capacidade de pescar em áreas úmidas. A maioria das fontes, no entanto, lembra a terra natal do norte como um deserto, como de fato era. Os belos pássaros eram muito importantes nas referências a Aztlán. Eles representavam guerreiros que haviam morrido bravamente por seu povo em tempos antigos (bem como em tempos mais recentes) e que foram para uma vida após a morte reservada a eles. Fontes pictóricas mostram o povo migrando para o sul a partir de Aztlán e das Sete Cavernas, com suas caminhadas memorizadas por imagens de pegadas e glifos representando lugares notáveis onde pararam e passaram algum tempo. Um texto, o Códice Aubin, chama esse povo em movimento de "asteca", que significa "povo de Aztlán". No século XVIII, os estudiosos perceberam isso e usaram a palavra como um termo para o poder do século XVI que dominava o México central. Mas, naquela época, como o próprio Códice Aubin dizia, o povo se chamava mexica. "Asteca" era apenas uma palavra de uma história sobre um lugar mítico chamado Aztlán.

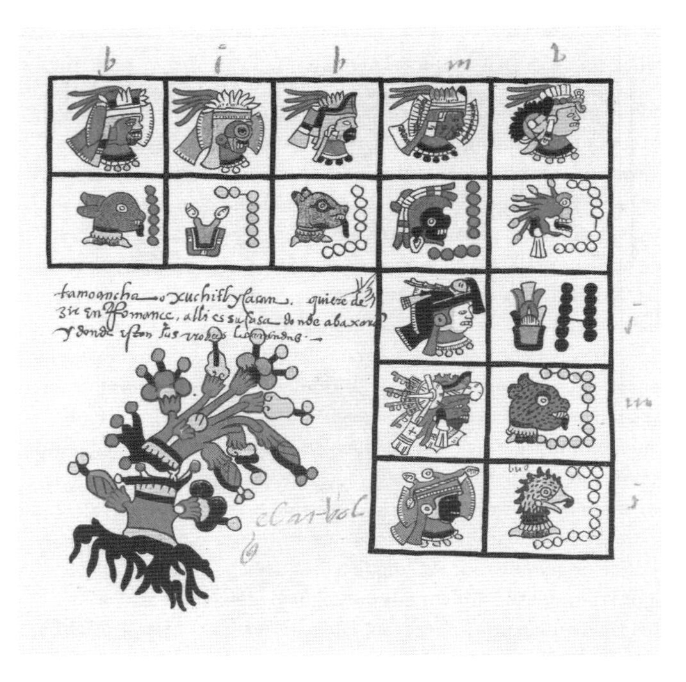

A árvore rompida, símbolo da história da origem asteca, aparece no Códice Telleriano-Remensis.

alguns; um cipreste, diziam outros. Um galho enorme se rompeu e caiu, quase os matando. Isso significava que seu ramo da família viria a se separar do tronco. Para ter certeza de que a mensagem havia sido compreendida, Huitzilopochtli pronunciou-se do alto da árvore, dizendo-lhes que não deveriam seguir em frente com seus companheiros. Sob sua orientação, os mexicas partiram sozinhos, e, por muitas páginas, a lenda os descreve em seu périplo de migração pelas terras do México central, permanecendo em um lugar por quatro anos, ou em outro por vinte, mas sempre seguindo em frente mais uma vez, sempre relativamente sem amigos. Mesmo assim, em suas andanças, obtiveram muitos presentes, entre eles mel, pulque, flechas e o *atlatl*, seu mortal arremessador de lanças. E suas experiências os endureceram, ensinando-os a não contar com ninguém além deles mesmos.

Por fim, os mexicas chegaram a Chapultepec ("Colina do gafanhoto"), o mesmo local que agora é uma grande atração turística na Cidade do México. Lá eles viveram felizes durante vinte anos. Entretanto, seu chefe, Huitzilihuitl ("Pena de beija-flor"), agia com arrogância, roubava mulheres de outros *altépetls* e ofendia os povos que os cercavam, principalmente os culhuaques de Culhuacán ("O lugar das pessoas que tinham antepassados"). Então os culhuaques reuniram seus aliados e atacaram com o intuito de destruí-los. Todos os principais membros da nobreza mexica foram levados cativos e divididos entre os *altépetls* que se uniram em prol da guerra. Huitzilihuitl e sua filha foram levados para Culhuacán, a cidade mais importante do povo culhuaque.

Eles seguiram viagem nus. Não vestiam nada. Em Culhuacán havia um rei chamado Coxcox. Huitzilihuitl, de fato, lamentava pela filha, que não tinha uma peça de roupa sobre si. Ele disse ao rei: "Ó senhor, permita que minha filha vista uma coisinha". Mas o outro homem disse: "Não, eu não quero. Ela vai ficar como está".[50]

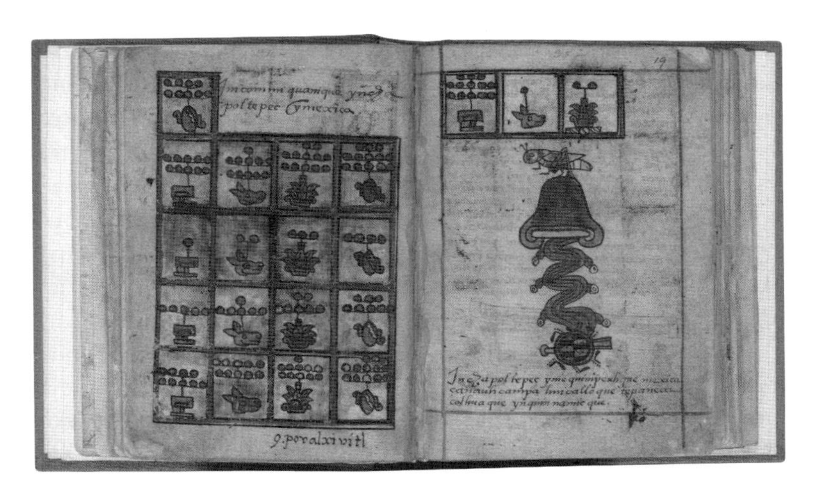

O Códice Aubin mostra a chegada dos mexicas a Chapultepec.

50. Cf. Códice Aubin (fólio 19v).

O Códice Aubin narra o conto clássico, mostrando quando o povo mexica cercado foi feito prisioneiro.

A garota, a quem geralmente se atribuía o nome de Chimalxochitl ("Flor-escudo"), era muito orgulhosa e muito feroz. Os mexicas ficariam orgulhosos dela por muitas gerações. Ela se sentou em uma postura que sugeria desdém. Os dias se passaram, enquanto os culhuaques procuravam, nos pântanos próximos, por mexicas que haviam fugido da batalha. Nesses pântanos, os sobreviventes estavam enfrentando grandes provações. "As pessoas comuns estão sofrendo, estão passando por dificuldades", disse um de seus líderes. "Retornemos para acender fogueiras ou varrer [funções de servos]. Vamos entrar sob o domínio dos senhores [de Culhuacán]." E então eles enviaram uma delegação. Arranjos para a paz foram feitos, e as pessoas começaram a surgir pouco a pouco em Culhuacán, onde viram Chimalxochitl em sua prisão. Até aquele momento, ela havia permanecido impassível, mas, ao ver seu povo, começou a gritar. "Por que não morremos?!", ela quis saber. "Que os senhores escutem! Que sejamos marcados com giz e penas!" Todos sabiam que as pessoas que seriam sacrificadas recebiam marcas de giz sagrado e eram decoradas com penas, então suas palavras eram inequívocas. Seu pai concordou com ela, e os dois receberam o que exigiram. Eles se decoraram – já que ninguém mais parecia ter coragem para isso – e então morreram. "Quando incendiaram a mulher honrada pela primeira vez, ela exclamou enquanto chorava, dirigindo-se aos que estavam abaixo: 'Ó povo de Culhuacán, eu vou para onde o divino vive. Meus cabelos e minhas unhas se tornarão todos guerreiros!'" Ao falar de seus cabelos e suas unhas, que não apodrecem imediatamente quando uma pessoa morre, ela usou uma metáfora comum; ela queria dizer que o que restasse dela – o que restasse de seu povo – se tornaria grande. Depois de sua morte, os culhuaques lavaram seu sangue, mas não conseguiram lavar as palavras que ela havia proferido[51].

Vez e outra, uma águia pousa em um cacto enquanto os mexicas constroem seu templo.

Após o sacrifício do chefe e de sua filha, o Rei Coxcox de Culhuacán deixou o povo mexica comum se estabelecer em Tizaapan ("Local de giz à beira d'água"), às margens do grande lago que enchia o miolo da bacia central do México. Ele achava que eles seriam infelizes em uma região lamacenta infestada por cobras. No entanto, os mexicas, que muitas vezes se esconderam ali, estavam um passo à frente dele.

51. Cf. Anais de Tlatelolco (fólio 8). Cf. também Códice Aubin (fólio 19v); Chimalpahin em Tena (1998, 1:167 e 351).

Um narrador brincou: "Os mexicas ficaram muito felizes quando viram as cobras. Cozinharam-nas todas, assaram e comeram"[52]. Eles pensavam que, naquela terra que ninguém mais desejava, finalmente poderiam viver em paz. Mas, antes de conhecerem tal sentimento, Coxcox começou a fazer-lhes exigências impossíveis, pensadas tanto no sentido de dar-lhes uma demonstração de força quanto de mostrar-lhes que os culhuaques detinham o direito de puni-los. Primeiro, ele exigiu que encontrassem uma maneira de transportar um campo cheio de plantas, no qual seriam encontradas uma garça e uma cobra. Com a ajuda de Huitzilopochtli, eles conseguiram, cortando mato e transportando o campo aos poucos. "Quem *são* esses mexicas?", perguntavam-se os culhuaques. Em seguida, Coxcox exigiu que lhe trouxessem um cervo sem nenhum ferimento de objeto pontiagudo ou osso quebrado. Isso eles conseguiram fazer quase por acidente, dirigindo sua presa para um lugar tão coberto de lama que o animal ficou preso. Mais uma vez, os culhuaques ficaram impressionados e até assustados. "Quem *são* esses mexicas?", eles se perguntavam[53].

Coxcox surgiu, então, com o que ele pensava que seria uma resposta permanente para a pergunta sobre o que fazer com esses vizinhos que o deixavam nervoso. O rei disse-lhe que eles tinham permissão para procurar suprimentos necessários nas terras dos xochimilcas, e então enviou uma mensagem a estes avisando que eles deveriam emboscar os mexicas. Mas os mexicas estavam preparados para uma armadilha e lutaram com tamanho ímpeto que cada um deles matou ao menos dois de seus inimigos. Determinados a mostrar aos culhuaques que o melhor a fazer era deixá-los em paz, cortaram o nariz de cada uma de suas vítimas e colocaram-nos em sacos. (Embora tivesse sido mais fácil cortar as orelhas, eles decidiram não fazê-lo, comenta o narrador com um pouco de sarcasmo, para que ninguém os acusasse de contar a mesma morte duas vezes. O que eles fizeram foi bastante selvagem!)

52. Cf. Códice Chimalpahin (1:93).

53. Cf. Anais de Tlatelolco (fólios 8-9). Cf. também Códice Aubin (fólio 20); Chimalpahin em Tena (1998, 1:169).

CHINAMPAS

Qualquer campo cultivado (*mili*, ou, em alguns contextos, *milpa*) tinha qualidades sagradas e podia simbolizar a terra como um todo. Ainda mais especial era a *chinampa* (de *chinamitl*, uma cerca feita de plantas, ou aquela que poderia ser fechada em tal cerca). Como os astecas não tinham muita terra arável em seu ambiente lacustre, eles aprenderam a construir pequenos campos em águas rasas. Eles colocavam estacas no lago e trançavam juncos entre elas, criando um espaço fechado que depois enchiam de terra, construindo-o cuidadosamente em camadas.

Às vezes, estabilizavam a estrutura plantando salgueiros nos cantos. Nesses jardins úmidos e ricos em nutrientes, os grãos cresciam em abundância. Na verdade, eles ainda o fazem na região próxima a Xochimilco ("Campos de flores"), ao sul da Cidade do México. A maior parte do grande lago foi drenada há muito tempo, durante a era colonial, então tais "jardins flutuantes" tornaram-se raros. Recentemente, porém, essa técnica agrícola vem sendo recuperada.

Detalhe de uma pintura moderna de *chinampas* do artista mexicano José Muro Pico.

Por fim, Coxcox decidiu ceder: ele deu aos mexicas permissão para enterrar um pacote sagrado e construir um templo, e então realizar uma cerimônia na qual eles se uniriam e registrariam cinquenta e dois anos pela primeira vez. Ele veio para ver a celebração. (Alguns disseram que ele foi convidado, para que os mexicas pudessem se exibir para ele; outros disseram que ele apareceu em segredo para observar a cerimônia pois estava muito preocupado. "Eu gostaria de ver o que os mexicas estão planejando!"[54]) Os mexicas haviam capturado com vida dois (ou foram quatro?) prisioneiros xochimilcas dentre aqueles que tentaram emboscá-los, e estes agora eram sacrificados por eles, que os queimavam no altar. Dois seres divinos se tornaram visíveis para aqueles que estavam presentes. (Um narrador do século XVI, provavelmente cristão, apressou-se a explicar: "Não eram de fato eles, mas era assim que eles viam"[55]. Então ele continuou com sua história sem mais interrupções.) Um era chamado Xiuhcoatl ("Cobra turquesa") ou Xiuhchimalliquetzalpanitl ("Bandeira turquesa do escudo quetzal"), provavelmente um nome poético para o ser que os espanhóis ouviram chamar Xiuhteuctli ("Chefe turquesa"), um antigo espírito do fogo mais ardente. "Enquanto o sacrifício se realizava, os mexicas e Coxcox ouviram um grito do céu. Em seguida, uma águia desceu, pousando no pico da casa de palha do templo. O que ela depositou ali foi algo como um ninho, sobre o qual ela estava."[56]

Aqueles eram sinais claros de que os mexicas deveriam estar lá, mas seus problemas ainda não haviam acabado. Eles tinham de continuar a lutar por terreno e, de fato, tinham de seguir em frente mais uma vez até que suas andanças terminassem. Enquanto alguns dos mexicas viviam nos pântanos após a batalha com os culhuaques, uma de suas nobres deu à luz um filho, chamado Axolotl (um tipo

54. Cf. Anais de Tlatelolco (fólios 9). Cf. também Códice Aubin (fólio 22).

55. Cf. Códice Aubin (fólio 22).

56. Cf. Anais de Tlatelolco (fólio 9).

de salamandra comestível), ou, alguns diziam, Axolohua (possuidor de tais salamandras). Quando cresceu, ele vagou um dia nos pântanos com alguns companheiros e lá afundou na água. Ele visitou a terra de Tlaloc e, milagrosamente, voltou a seu povo. Disse-lhes: "Eu vi Tlaloc, e ele falou comigo e disse: 'Meu filho Huitzilopochtli se exauriu vindo aqui [o que significava: você é bem-vindo aqui]. A casa dele será aqui, ele será valorizado [cuidado] para que possamos viver juntos na terra'"[57]. Já não havia o que se discutir. Os mexicas não migrariam novamente, acontecesse o que acontecesse. Então estava resolvido. O líder de cada *calpolli* (grupo de parentesco) fez um discurso comovente para confirmar o contrato social. Isso se deu em uma ilha no meio do grande lago, onde Tenochtitlán estaria. O povo mexica havia lutado e sobrevivido. Eles haviam conquistado sua terra e sua casa, como diziam.

OUTRAS PERSPECTIVAS SOBRE A LONGA MIGRAÇÃO

Não foram apenas os mexicas que saíram das terras do norte para a bacia central do México. Todos os muitos grupos de falantes de náuatle haviam feito o mesmo; os mexicas estavam entre os últimos a chegar. Assim, todos os nahuas contavam histórias semelhantes sobre seus ancestrais que haviam deixado as cavernas onde viviam para se juntar aos agricultores das terras férteis do sul. Mas suas perspectivas sobre o grande drama variavam consideravelmente. Na base, havia certa similaridade: todos estavam preocupados com a questão da formação e da ruptura de alianças e, portanto, da violência potencial. Para além disso, porém, suas preocupações eram bem diferentes. Aqueles que estavam no México central havia mais tempo se identificavam mais plenamente à figura do agricultor e, portanto, estavam menos empenhados em celebrar acima de todos os outros os guerreiros nômades e seus movimentos rápidos. Os povos que, no

57. Cf. Chimalpahin em Tena (1998, p. 213). Cf. também Códice Aubin e Códice Chimalpahin (1:101).

entanto, chegaram pouco antes dos mexicas tendiam a se concentrar em ter permanecido invencíveis diante deles, ou de outro modo em ter tido o bom senso de travar amizade e laços de lealdade com eles tão logo ali se estabeleceram.

Em Cuautinchán, no vale a leste do vale central, os contadores de histórias diziam que, depois que as pessoas sobreviveram à dissolução de Tollan e às aventuras que se seguiram (incluindo o ataque bem-sucedido a seus inimigos usando o ardil de sediar uma grande celebração de dança), os líderes Icxicohuatl ("Cobra com pés") e Quetzaltehueyac ("Pena longa de quetzal") tiveram de viajar para o norte, até a terra de Chicomoztoc, onde o restante dos chichimecas ainda vivia. Precisavam deles para lutar a seu lado em uma grande guerra. Do lado de fora da montanha que abrigava as Sete Cavernas, podiam ouvir um zumbido como o de abelhas e vespas. Quetzaltehueyac rompeu a montanha com seu cajado e, quando o puxou, uma abelha estava agarrada a ele. Dali saiu Cohuatzin ("Cobra honrada"), que era um falante de náuatle, um intérprete. Ele olhou para os recém-chegados. "Quem são vocês? De onde vieram? O que estão procurando?", quis saber. Responderam que tinham vindo à procura dos chichimecas, pois aquele "que era dois, que era três" tinha muita necessidade deles. Então Cohuatzin voltou para a montanha, onde os chichimecas estavam esperando para ouvir o que ele tinha a dizer: "'Quem são eles?' E Cohuatzin respondeu: 'Ouça, isto é o que dizem: eles vieram para levá-los. Aquele que é dois, que é três, precisa de vocês e procura por vocês'". Cohuatzin voltou da caverna e disse a Quetzaltehueyac que a resposta dos chichimecas era que "aquele que era dois, que era três" não era o criador herdeiro *deles próprios*! Quetzaltehueyac percebeu que tinha de falar de forma mais direta. Precisava dizer-lhes que eles receberiam presentes muito maiores do que os que haviam recebido antes: ele os transformaria em agricultores habitantes de um único lugar. Ele disse o seguinte: "Eu sou aquele que veio para fazer vocês deixarem suas vidas em cavernas e colinas". Cohuatzin voltou para a caverna e repetiu essa mensagem. Os chichimecas responderam que, se assim fosse, Quetzaltehueyac deveria dar-lhes um nome, algumas palavras especiais. Cohuatzin voltou e repetiu a mensagem. Em resposta, Quetzaltehueyac e Icxicohuatl cantaram uma bela canção em náuatle. Cohuatzin voltou para dentro e repetiu-a[58].

E então o povo chichimeca de Cuautinchán começou a perceber o poder do que estava sendo oferecido. Cohuatzin deu um passo à frente e disse: "Só eu sou procurado e necessário para a água e o fogo divinos [isto é, para a guerra]?" Cohuatzin voltou e falou a Quetzaltehueyac e Icxicohuatl, dizendo, em nome da Cuautinchán chichimeca: "Só eu vou encontrar [ou ver] os campos, a terra divina?" Mas eles responderam que, pelo contrário, todos os que o cercavam à esquerda e à direita, todos os muitos grupos, deveriam deixar a "vida na caverna e no topo da colina. [...] Todos se encontrariam [veriam] os campos e a terra divina, todos seriam os possuidores das plantas com flores". Essa declaração teve um efeito poderoso, talvez especialmente nas mulheres, que há muito tempo eram as responsáveis por toda a coleta de plantas. "Houve um êxodo de todos os homens e mulheres chichimecas." Eles saíram orgulhosamente cantando "À guerra! À guerra!" sabendo bem que era por isso que eles eram necessários, mas felizes com os dons da agricultura que deveriam receber em recompensa. Logo, eles realmente receberam o presente do milho, bem como a língua náuatle. O povo de Cuautinchán que contou a história estava evidentemente muito orgulhoso de ambos os lados de sua herança, o nômade e o agrícola.

Muito diferente era a situação do povo de Tlaxcala, que havia chegado na mesma época que os mexicas. Com uma grande população própria, eles optaram por permanecer determinadamente independentes do famoso *altépetl* em ascensão. (Em verdade, eles ainda eram os inimigos mais poderosos dos mexicas quando os espanhóis chegaram, e acabaram se aliando a Hernán Cortés.) Em

58. Cf. *Historia Tolteca-Chichimeca* (fólios 17-19).

sua história da passagem da terra do norte para sua nova casa no vale, a leste da bacia central, os tlaxcaltecas se imaginavam não como os mexicas (vivendo sob grande dificuldade, mas tenazes), mas quase glamourosos em sua ferocidade. Quando deixaram Chicomoztoc, foram guiados por um líder chamado Ce Tecpatl, literalmente "Uma faca de pederneira", um sinal de dia de calendário que faz referência à ferramenta usada para abrir as vítimas para o sacrifício. Enquanto os tlaxcaltecas seguiam para o sul, caçavam e faziam guerra:

> Eles viviam carregando seus arcos e suas flechas. Dizem que tinham flechas de ferro, flechas de fogo e flechas que seguiam as pessoas. Dizem até que suas flechas eram capazes de procurar coisas. Quando saíam para caçar, suas flechas eram capazes de chegar a qualquer lugar. Se perseguiam ao alto alguma coisa, essas flechas retornavam com uma águia. Se a flecha não encontrasse nada acima, voltava a cair sobre algo, talvez um puma ou uma jaguatirica, uma cobra ou um veado, um coelho ou uma codorna. Eles iam junto para ver o que a flecha havia derrubado![59]

Um príncipe de Tlaxcala em um desenho do início da pós-conquista.

59. Cf. Anais de Dom Juan Buenaventura Zapata y Mendoza (fólio 1). Cf. também Chimalpahin em Tena (1998, 1:211).

Eles eram ferozes na defesa de sua soberania, mas também eram bons em fazer amigos, de modo a serem capazes de lidar com seus inimigos (especialmente os mexicas) com eficácia brutal. Isso era exaustivo. À época em que chegaram à montanha que chamaram Tlaxcalticpac ("No cume do desfiladeiro da tortilha"), os nove portadores de Deus que carregavam seus feixes sagrados e eram os iniciadores de fogo sagrado estavam prontos para se estabelecer.

De acordo com outro conjunto de histórias, o povo de Cuautilán era vizinho e amigo de longa data dos mexicas, vivendo ao norte do grande lago na bacia central. (Suas linhas principais estavam de fato relacionadas.) Eles também contavam a respeito dos chichimecas deixando Chicomoztoc e embarcando em uma longa peregrinação. "Eles eram caçadores em movimento. Não tinham casas, nem terras, nem roupas macias ou capas. Eles só usavam peles e musgo comprido. E seus filhos eram criados em sacos de malha e cestos."[60] Lembravam-se de Tezcatlipoca (sob o nome de Yaotl, ou "Guerra") alertando-os para não se tornarem arrogantes. Se o fizessem, este zombaria deles com eventos inesperados, como zombou de um certo rei da montanha Tolteca. Yaotl desdenhava: "[Aquele rei] tinha duas filhas [...], as quais ele mantinha em uma gaiola ornada de joias. Eu as engravidei de gêmeos!"[61]. O narrador acompanhou a formação de alianças entre diferentes grupos chichimecas e sua separação; e, em um texto longo e complexo, descreveu onde cada subgrupo acabou por se estabelecer. Por fim, ele chegou ao ponto da história em que os mexicas estavam em Chapultepec e hostilizaram seus vizinhos, provocando o ataque devastador liderado pelos culhuaques. O povo de Cuautilán foi convidado a participar da espoliação dos mexicas. "Mas o chefe não consentiu; ele não queria isso. Imediatamente ele enviou mensageiros para garantir aos mexicas que o povo de Cuautilán não

60. Cf. Anais de Cuautilán (fólio 1).

61. Cf. Anais de Cuautilán (fólio 10).

seria seu inimigo."[62] Na verdade, o mensageiro também levou presentes, ovos de peru e pequenas cobras, que, segundo se sabia, eram do gosto dos mexicas.

Aquele leal chefe de Cuautilán, chamado Quinantzin, ouviu falar sobre o desastre sofrido pelo povo mexica e o fato de o rei e sua filha, Chimalxochitl, terem sido levados para Culhuacán como prisioneiros. Nesse ponto, a versão do povo cuautilán de repente toma um rumo dramático que teria causado surpresa a qualquer ouvinte mexica, já que, em sua lembrança, os dois prisioneiros haviam sido dramaticamente sacrificados. "O governante Quinantzin deu a ordem [a seu povo] para salvá-los." Apesar das dificuldades de tal façanha, eles conseguiram e levaram Chimalxochitl para Quinantzin. "Quando a viu, o governante a amou. Ele esteve a ponto de ir até ela e deitar-se com ela." Mas a jovem não se interessou: "Ela não consentiu. Apenas disse: 'Ainda não, meu senhor, pois estou jejuando. O que você deseja pode ser feito em outro momento, pois eu sou uma varredora [uma mulher em serviço religioso]. O voto que faço é por apenas mais dois anos; em mais dois anos terá terminado, meu senhor. Por favor, dê a ordem para que o povo prepare para mim um pequeno altar de terra batida, para que eu possa fazer oferendas ao meu deus, colocar meu vaso sagrado e jejuar'". Quinantzin honrou o pedido da valente mulher mexica; então, dois anos depois, eles se casaram e tiveram dois filhos. O pai nomeou o primeiro, mas Chimalxochitl não gostou do nome que ele escolheu. Ela mesma nomeou o segundo, chamando-o de Tezcatl Teuctli ("Senhor do espelho"), em homenagem a seu próprio deus, Tezcatlipoca. "E foi ele quem se tornou o governante [sucessor] de Cuautilán", acrescentou o narrador, demonstrando o poder da mulher[63].

A essa altura, as casas reais dos mexicas e do povo cuautilán se tornaram ainda mais intimamente conectadas. E a empatia do

62. Cf. Anais de Cuautilán (fólio 13).

63. Cf. Anais de Cuautilán (fólio 14).

contador de histórias de Cuautilán pelos mexicas aumentou em proporção direta. Ele lembrou que estes eram tratados de forma abominável pelos culhuaques, que a certa altura até mesmo enganosamente convocou os homens mexicas para que os tepanecas pudessem entrar na aldeia e fazer o que quisessem com as mulheres. "Eles atacaram as mulheres em Chapultepec. Em verdade, eles as mataram, depois as roubaram. E quando atiraram-nas ao chão, eles as estupraram gratuitamente. Os mexicas já estavam perdendo enquanto se empenhavam na batalha."[64] Os mexicas poderiam ser culpados, perguntaram seus amigos, se mais tarde se tornaram um pouco violentos demais? Em verdade, não podiam.

No entanto, talvez em um esforço para salvaguardar-se de um revés, a família real de Cuautilán também manteve laços com seus iguais em Culhuacán. Havia outro casamento romântico para ser narrado:

> Aconteceu uma vez que o governante de Cuautilán, Huactli [nome de um pássaro], foi caçar, e acabou encontrando uma jovem no lugar a que deram o nome de Tepolco. Ele não sabia se essa jovem era uma nobre. Por fim, perguntou a ela. Ele disse: "Quem é você? De quem você é filha? De onde você vem?" Ela respondeu, dizendo-lhe: "Senhor, minha casa é em Culhuacán, e meu pai é o rei, Coxcox". "E como ele a chama? Qual é o seu nome?" "Meu nome é Iztolpanxochitl [o nome de uma linda flor]." Quando Huactli ouviu isso, levou-a para casa e fez dela sua esposa. E teve filhos com ela.[65]

Uma dessas crianças, Iztactototl ("Peru branco"), cresceu e foi para a guerra, e, na emoção daquele momento, decidiu que desejava ver seu avô, o Rei Coxcox de Culhuacán. Foi visitá-lo, e o velho ficou satisfeito. Ele disse: "Eu sou um homem velho, já morrendo. Aqui em Culhuacán, você será o governante. Você será o governante dos

64. Cf. Anais de Cuautilán (fólio 17).

65. Cf. Anais de Cuautilán (fólios 21-22).

culhuaques". Mas Iztactototl, que tinha alguns poderes como se fosse um oráculo, apenas riu e disse: "De quem eu seria o governante? Pois o *altépetl* de Culhuacán não deve durar. Ele vai desmoronar e se dispersar"[66]. O Rei Coxcox ficou furioso e exigiu saber exatamente como isso aconteceria! Mas, é claro, a história provou que o menino estava certo. Culhuacán se recolheu às sombras enquanto a estrela dos mexicas ascendeu. Os próprios mexicas acreditavam que Chimalxochitl havia predito isso quando ela morreu ("Meu cabelo e minhas unhas se tornarão guerreiros!"). Na memória do povo cuautilán, foi um pequeno príncipe deles que viu claramente o que estava para acontecer. Eles se satisfizeram em entender e fazer amizade com o poder.

FUMAÇA SE ERGUENDO

Embora cada *altépetl* tivesse sua própria perspectiva sobre o passado, todos concordavam que a cidade mexicana de Tenochtitlán acabou por se tornar o lugar mais impressionante que seu mundo já vira. Anos depois, um dos soldados de infantaria que acompanhou Hernán Cortés ficou atordoado com a primeira visão que teve da grande cidade dos astecas. Os espanhóis haviam escalado o anel de montanhas que cercava o vale central do México e se aproximavam do lago gigante no centro da bacia. Cidades menores com suas *chinampas* pontilhavam suas margens, e, em uma ilha no centro, erguiam-se os templos imponentes e os palácios imensos de uma grande potência urbana.

> Quando vimos todas aquelas aldeias construídas na água [...] e a calçada reta e nivelada que levava à Cidade do México, ficamos surpresos. Essas grandes pirâmides e edifícios que se erguiam da água, todos feitos de pedra, pareciam uma visão encantada.[67]

---

66. Cf. Anais de Cuautilán (fólio 23).

67. Cf. Díaz (2000, p. 159).

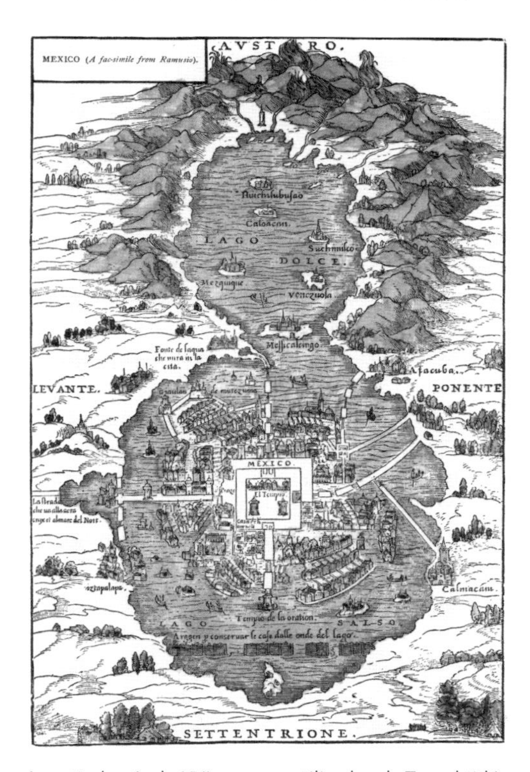

A partir do século XVI, mapas estilizados de Tenochtitlán foram publicados em vários livros europeus.

Mas esse momento estava duzentos anos no futuro. As origens de Tenochtitlán eram humildes e belas. O povo havia procurado "o *altépetl* mexica de Tenochtitlán, lugar de renome, o sinal, o local do cacto tuna, no meio da água; o lugar onde a águia descansa, onde ela grita, onde ela se estica e come; onde a serpente sibila, onde os peixes voam, onde as águas azuis e amarelas se misturam"[68]. Os mexicas estabeleceram sua cidade na ilha de forma proposital e

68. Cf. Códice Chimalpahin (1:61).

TENOCHTITLÁN

De suas origens humildes, Tenochtitlán cresceu e se tornou uma capital monumental. No centro da cidade, em uma grande praça, os construtores transformaram, de forma gradual, o que havia sido originalmente um simples templo dedicado a Huitzilopochtli em uma enorme e imponente pirâmide para ele. Ao seu lado construíram um templo gêmeo dedicado a Tlaloc. Pintaram os edifícios com cal, que brilhava branca à luz do sol, e decoraram as duas torres com tinta brilhante e bandeiras coloridas que tremulavam ao vento. O enorme complexo em forma de U do *tlatoani* girava em torno de um pátio onde os artistas vinham cantar, dançar e contar histórias. A música assombrosa dos búzios atraía as pessoas; o pulsar dos tambores podia continuar até tarde da noite em ocasiões festivas. No interior, o alto chefe e seus oficiais mantinham uma biblioteca de pergaminhos pictográficos, usados para registrar o tributo devido, o tributo pago e outros assuntos. Em outro setor, um jardim zoológico exibia os pássaros e os animais exóticos recolhidos dos reinos conquistados pelos mexicas. Em um aviário, funcionários do palácio criavam pássaros tropicais para que suas penas de cores extravagantes pudessem ser usadas para tecer belas capas e coberturas de escudos.

Na vizinhança, viviam pessoas mais comuns. Os telhados de suas casas de um e dois andares estavam alinhados com jardins visíveis da rua, e pássaros canoros estavam por toda parte. Todos trabalhavam duro. Os meninos aprendiam principalmente os ofícios artesanais de seus pais, mas, quando eram jovens adolescentes, iam para a escola para que pudessem se tornar guerreiros – ou sacerdotes, se esse fosse o destino deles. As meninas trabalhavam com as mães, aperfeiçoando suas habilidades em fiação, tecelagem, costura e bordado; as destinadas a se tornarem sacerdotisas também iam para a escola.

autoconsciente, muito diferente das antigas cidades europeias que os espanhóis estavam acostumados a ver; ela não tinha crescido de forma espalhada, sem planejamento, com ruas sinuosas e becos estreitos, mas projetada e construída com um pensamento centrado no que poderíamos hoje chamar de planejamento urbano. O resultado foi que ruas limpas e retas percorriam o trajeto da margem do

Na costa norte da ilha havia um grande mercado, facilmente acessível por canoas vindas de todas as aldeias que ladeavam as margens do extenso lago. Lá as pessoas podiam encontrar todo tipo de comida, incluindo perus engaiolados e outros pássaros. Podiam comprar peles, couros e tecidos, penas e pedras preciosas, ou as roupas e joias que eram feitas desses materiais. As pessoas podiam encontrar louças de cerâmica, agulhas de cobre, lâminas e espelhos de obsidiana, sandálias, bolas de borracha e papel de agave. Havia até barbeiros com barracas e vendedores de comida servindo almoço.

Como todas as grandes potências, o mundo dos mexicas era parcialmente baseado no trabalho dos outros. Algumas das mercadorias vendidas no mercado haviam sido entregues como pagamentos de tributo por *altépetls* a eles submetidos. E também havia escravos à venda, principalmente mulheres jovens e crianças capturadas em guerra. Alguns deles enfrentariam sacrifícios em cerimônias rituais; mal podemos imaginar as agonias que experimentaram enquanto esperavam para saber seu destino. A maioria dos escravizados, no entanto, viria a ser empregada no serviço doméstico nas casas ricas que os cercavam. Pelo menos poderiam dizer a si mesmos que seu destino era apenas deles; seus filhos seriam livres, criados como cidadãos dessa cidade extraordinária.

Hoje, apenas os restos do lugar que antes prendia os visitantes enfeitiçados são visíveis no sítio arqueológico do Templo Mayor (grande templo) na praça agora chamada de Zócolo. Após a chegada dos espanhóis, uma catedral foi construída quase no topo do antigo templo, e o resto da cidade foi gradualmente transformado até se tornar a Cidade do México que conhecemos hoje.

lago para calçadas cuidadosamente projetadas e seguiam dali para o coração da ordenada cidade-ilha.

Os mexicas começaram construindo seu primeiro pequeno templo, derrubando a terra e varrendo-a implacavelmente para fazer uma plataforma para uma pequena pirâmide. Mais tarde construiriam outras muito maiores, mas ainda não estavam preparados para tanto. À noite, eles foram pescar no lago e depois colocaram os peixes capturados para assar. O cheiro delicioso da fumaça subia pelo ar. Como tal fumaça tantas vezes fazia nas narrativas náuatle, ela atraía inimigos[69]; aqueles que vinham combatê-los, porém, não podiam vencer os recém-chegados, que estavam determinados a fazer o que fosse necessário para permanecer naquele lugar.

Sendo a natureza humana o que é, os mexicas tiveram de enfrentar gerações de luta – argumentos dentro do grupo e discussões com seus vizinhos. Mas as pessoas estavam determinadas a enfrentar o desafio – encontrar uma maneira de sobreviver e obter sucesso sem se tornarem arrogantes. Era uma tarefa bem difícil. Eles oravam a Tezcatlipoca: "Se alguém porventura se tornar arrogante, se alguém porventura se tornar presunçoso, se alguém porventura se tornar ofensivo, que guarde para si sua propriedade e suas posses, se alguém se demonstrar perverso ou negligente, você dará tudo ao verdadeiramente lamurioso, ao triste, àquele que suspira, à pessoa digna de compaixão"[70]. Essa era a oração antiga repetida muito frequentemente. No entanto, houve momentos em que sua lembrança se provou bastante difícil.

---

69. Cf. Códice Aubin (fólio 26). Cf. também Juan Buenaventura Zapata y Mendoza; e Anais de Tlaxcala (fólio 2v).

70. Cf. Dibble; Anderson (1950-1982, 6:8-9).

4

Lendas da história

> À noite, no sono do [Rei] Huitzilihuitl, o deus Yohualli ["Noite"] lhe falou. Ele disse: "Iremos a Cuernavaca. Iremos para a casa do chefe Ozomatzin ['Ele ficou com raiva'], e levaremos sua filha chamada Miyahuaxihuitl ['Joia da borla de milho']". E, quando Huitzilihuitl acordou, enviou emissários a Cuernavaca para pedir Miyahuaxihuitl como esposa. O chefe Ozomatzin ouviu as palavras com que os mexicas pediram-lhe a filha. Mas ele apenas foi até os casamenteiros e disse: "O que Huitzilihuitl está dizendo?! O que ele vai dar para minha filha ali no meio da água? Talvez ele a vista com plantas de pântano e fio de planta de pântano, do mesmo modo que ele se veste com calças de fio de planta de pântano?! E o que ele vai dar para ela comer? [...] Vá dizer ao seu governante Huitzilihuitl e em definitivo: vocês não devem vir aqui novamente".[71]

Um dia, uma geração inteira após a conquista espanhola, um indígena de Cuauhtitlán suspirou irritado: ele tinha duas histórias antigas diante de si e não sabia o que fazer com uma contradição óbvia entre elas. Decidiu seguir a antiga tradição de seu povo e oferecer os dois relatos, em vez de assumir o papel de narrador onipotente e escolher entre eles. No entanto, quando menino, esse homem havia sido educado pelos franciscanos, e sua formação entre eles o levou a acreditar que tais decisões deveriam competir a si como escritor. Então, depois de copiar a segunda versão dos eventos,

71. Cf. Códice Chimalpahin (1:118-125).

ele acrescentou, ainda em náuatle: "Essa afirmação genealógica não pode ser verdadeira. A verdade de como as coisas foram organizadas já foi declarada"[72].

Desde então, os historiadores têm enfrentado dificuldades similares, preocupando-se com discrepâncias nos antigos contos históricos que nos foram deixados pelos astecas. Mas não há necessidade de tal preocupação. Não precisamos saber se um homem herdou um reino quando tinha sete ou nove anos de idade, ou se sua esposa era uma jovem tia ou prima. O que precisamos saber, para entender a situação desse homem, é que ele herdou a realeza muito jovem (e por que isso aconteceu), e que ele se casou com uma parente próxima (e por quê). Histórias lendárias em língua náuatle habilmente levam seus ouvintes (ou leitores) ao coração de situações políticas que antes eram muito reais. Especialmente quando estão tratando de eventos anteriores à conquista em cerca de cem anos, eles estão iluminando os elementos essenciais dessas situações históricas, se não sempre dos detalhes exatos.

O DRAMA POLÍTICO DA POLIGAMIA

Em seus inícios, as histórias lendárias astecas muitas vezes insinuam que tratarão somente de guerra. Um grupo entra no território de outro grupo. Eles caçam e cozinham. A fumaça sobe, alertando aqueles que há muito tempo vivem na área da presença de inimigos em potencial. Disse um chefe chichimeca: "Quem são essas pessoas fazendo fumaça na beira da floresta? Ó pais [povo amado], vão atirar neles com flechas ou matá-los, pois eles caíram em nossas mãos e já são nossos prisioneiros![73]". No entanto, em última análise, essa

72. Cf. Anais de Cuauhtitlán (fólio 17).

73. Cf. Chimalpahin em Tena (1998, 1:343).

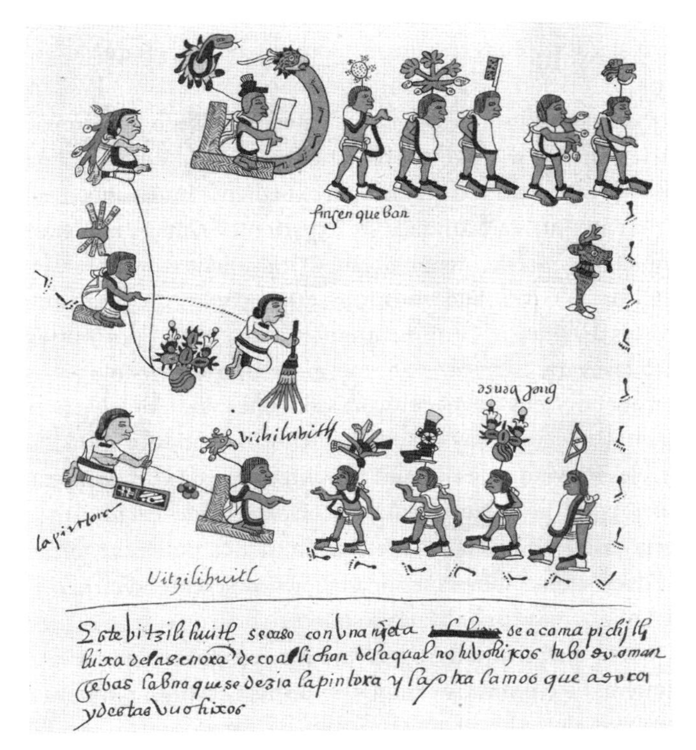

Essa página do Códice Telleriano-Remensis transmite as complexidades políticas decorrentes do fato de um rei (nesse caso, Huitzilihuitl) sempre ter várias esposas.

mesma narrativa, como tantas outras, torna-se uma história não de batalhas, mas de casamentos. Havia uma boa razão para tanto: quase todas as complexidades políticas astecas estavam ligadas ao fenômeno da poligamia. Nas casas dos nobres vivia uma série de mulheres com quem tinham filhos – de uma esposa principal ou primeira a esposas secundárias, concubinas e escravas – e sempre havia ramificações políticas.

Essa afirmação da dimensão política dos casamentos não deve ser entendida como indicação de que as guerras eram facilmente evitadas simplesmente mediante a celebração de um casamento entre realezas de duas cidades-Estados diferentes, ou que as guerras ocorriam quando tais casamentos não aconteciam. Essa não é uma maneira realista de pensar a história. A título de comparação, pode-se considerar a política bastante ineficaz da Rainha Vitória de casar seus filhos em toda a Europa, expediente inútil ante a eclosão da Primeira Guerra Mundial. Os experientes nahuas não eram tão ingênuos a ponto de imaginar que os casamentos necessariamente cimentariam a paz. Suas histórias estão cheias de casamentos, e por vezes as alianças se mostraram eficazes – mas por outras elas apenas levavam à tensão e até mesmo à morte de cônjuges estrangeiros quando seus povos retornavam a um estado de guerra[74]. Não, os nahuas não estavam necessariamente buscando a paz. Em vez disso, eles usavam o casamento como ferramenta para estruturar as relações políticas entre os *altépetls*. Uma cidade-Estado poderosa poderia exigir que uma cidade-Estado menos poderosa fornecesse a seu chefe uma esposa menor que, assim se entendia, não herdaria seu reino, mas simbolizaria a subserviência de seu povo (embora uma jovem enérgica talvez garantisse a seu povo certas vantagens no comércio e em outros campos de disputa). Muito pior, um chefe poderoso poderia exigir que uma cidade-Estado em ruínas lhe fornecesse uma esposa cujo filho seria criado em Tenochtitlán para ali desenvolver lealdade à cidade e, então, retornar à cidade-natal de sua mãe para governar.

No entanto, tais arranjos, sejam inicialmente bem-vindos ou não, não eram imutáveis, o que criava um mundo complexo em níveis social e político. Uma esposa primária poderia perder o *status* se seu *altépetl* de origem perdesse sua importância inicial; uma concubina humilde poderia, por sua vez, ganhar poder significativo caso se tornasse uma favorita. As cidades-Estados poderiam – e assim ocorreu – travar guerras para mudar as relações de poder codificadas em

74. Por exemplo: *Historia Tolteca-Chichimeca* (fólio 47v).

casamentos entre famílias da realeza. Da mesma forma, os membros de grandes famílias reais que foram divididas em muitos subgrupos em razão de um rei ter tido muitas esposas poderiam se encontrar em desacordo uns com os outros. Na verdade, as guerras entre cidades-Estados também eram, em grande medida, guerras civis, pois grupos de irmãos de mães diferentes lutavam sobre qual deveria ser a natureza da hierarquia entre eles. Os menos poderosos podiam convidar aliados de outro *altépetl* para tomar seu lado em uma crise, de modo que o que era de fato uma luta interna pelo poder parecia, na superfície, uma invasão de forasteiros. Na narração de histórias a respeito de tais guerras, relacionamentos e casamentos sempre foram elementos centrais.

Antes de Tenochtitlán ascender ao poder, o *altépetl* de Azcapotzalco, lembremos, era dominante no vale central, e, nas histórias contadas por outros *altépetls*, seus reis abusavam regularmente do complexo sistema de casamentos para com isso chegar a fins políticos. Seu antigo rei, Tezozomoc, tentou insistir, por exemplo, que um de seus filhos com uma esposa secundária de Cuautilán fosse recebido de volta na casa de sua mãe como seu rei. "Esse Tezozomoc, esse governante de Azcapotzalco, desejou em seu coração tornar um de seus filhos governante de Cuautilán." Mas o povo de Cuautilán não sentiu que Azcapotzalco tivesse poder suficiente sobre si para justificar sua demanda. "Os nobres chichimecas não consentiriam. Tezozomoc ficou realmente frustrado por seu filho não ter sido recebido como governante de Cuautilán – pois, em verdade, ele havia sido responsável pelo assassinato do antigo governante!"[75]

Quando esse antigo Rei Tezozomoc morreu, deixou vários filhos de diferentes mulheres em posição de mando em várias cidades-Estados. Um deles, de nome Maxtla ("Calção" ou "Cinturão"), a quem havia destinado uma chefia menor, quis o que seu meio-irmão,

75. Cf. Anais de Cuautilán (fólio 17).

UMA CERIMÔNIA DE CASAMENTO

Os nobres astecas eram abastados o suficiente para poder sustentar várias esposas. A grande maioria dos homens, no entanto, tinha apenas uma esposa, uma parceira para toda a vida. Quando um menino desejava se casar, seus anciãos se reuniam e decidiam qual jovem "pedir" em casamento. As mulheres – ou seus casamenteiros escolhidos – iam à casa da jovem levando presentes. Se tudo parecia correr bem, então todos os dias, durante vários dias, no início da manhã, eles voltavam para fazer a defesa do enlace. Uma vez que se chegasse a um acordo, os homens da família do noivo pediam aos adivinhos, os *tonalpouhque* – aqueles que podiam ler o calendário sagrado –, que escolhessem um bom dia, e as mulheres iniciavam o preparo da comida. "Por dois ou três dias elas fizeram tamales. Elas passaram a noite inteira fazendo isso. Dormiram só um pouco"[76].

Por fim era chegado o dia. "Quando amanheceu, quando o noivo ia se casar com a noiva e a noiva se casar com o noivo, todos os convidados entraram na casa." As mulheres vieram trazendo presentes, fibra de agave ou capas de algodão, pacotes de milho seco. Todos os convidados receberam comida e bebida e grinaldas de flores para vestir, e passaram um dia feliz juntos. Os idosos podiam ficar bastante embriagados, embora os jovens, não.

Enquanto isso, na casa da noiva, a garota era cerimonialmente banhada e adornada com tinta colorida e pedras preciosas e penas. Os anciãos de sua vida faziam-lhe discursos, dizendo-lhe quanto trabalho estava reservado para uma esposa. "À noite, verifique tudo, cuide do fogo. Levante-se no meio da noite. Não nos envergonhe." Ela estava prestes a deixar completamente o pai e a mãe para trás enquanto seguia para sua nova vida. Muitas vezes a filha chorava, agradecendo-lhes pelas atenções de mãe e pai que lhe haviam dado. Quando restava apenas uma nesga de luz do dia, uma mulher mais velha e forte entre os parentes do noivo chegava à casa e usava um pano para criar uma espécie de tipoia nas costas, a qual usava para levar a garota para sua nova casa. "Tochas foram acesas, para iluminar o caminho para a casa do homem. Havia uma fileira de portadores de tochas de cada lado, fornecendo luz. E todos os parentes das mulheres iam com ela,

76. Cf. Dibble; Anderson (1950-1982, 6:127-133).

Os sacerdotes usavam livros como o Códice Bórgia para ajudá-los a fazer prognósticos de casamento. Se uma cerimônia fosse realizada em determinada data, por exemplo, era provável que o noivo exigisse ter mais de uma parceira. (Cf. o canto superior esquerdo.)

conduzindo-a em seu caminho. Era como se a terra ressoasse atrás dela. E, enquanto iam, todos tinham os olhos fitos na noiva."

Na casa do noivo, eles colocavam a noiva ao lado da lareira, à esquerda do noivo. As mães do casal lhes davam um presente, depois amarravam o *huipilli* da noiva (uma blusa longa bordada) à capa do noivo. A mãe do noivo alimentava cada um deles com um tamal. Eles deveriam receber quatro bocados, emblemáticos das quatro direções. Então a família levava os dois jovens para uma sala privada e os trancava. Eles teriam quatro dias a sós. Depois disso, a vida real, com todas as suas exigências, começaria. Mas eles auxiliariam um ao outro a superar tudo isso.

filho de seu pai com outra mãe, havia recebido: a governança da grande cidade de Azcapotzalco. Então ele atacou o meio-irmão e os apoiadores daquele irmão e assumiu o controle da cidade. De acordo com um dos narradores, o governante de Tenochtitlán na época, Chimalpopoca, não aprovou: "Dizem que ele deu conselhos a Quetzalayatzin, cujo irmão mais velho era Maxtla. Ele lhe disse: 'Irmãozinho [que tem aqui o sentido de "amigo"], por que seu irmão mais velho Maxtla tirou o reino de você? *Você* é o governante. Seu pai colocou todos vocês em várias funções antes de morrer. Então mate esse seu irmão mais velho, esse Maxtla. Ele está governando seu reino!'"[77]. Maxtla supostamente ouviu falar sobre essa conferência sussurrada e mandou matar o rei asteca. Uma grande guerra se seguiu, envolvendo muitos *altépetls*. Não temos como saber o que o rei de Tenochtitlán disse de fato. O que importa é que os mexicas escolheram lutar ao lado do bando de irmãos deposto em Azcapotzalco, e os narradores de histórias, mesmo de outros *altépetls*, transmitiram isso por meio de diálogos imaginativos.

Uma fonte de poder para os mexicas era, de fato, a aptidão com que lidavam com as próprias rivalidades entre irmãos, resultantes do sistema poligâmico em que viviam. Ao contrário de inúmeros outros *altépetls*, eles conseguiram evitar uma ampla guerra civil, trabalhando constantemente para misturar as diferentes linhagens familiares descendentes de diferentes mães. Um rei poderoso renunciava ao direito do próprio filho ou irmão mais novo tornar-se herdeiro do poder após sua morte, e deixava o pêndulo do poder retornar a uma linhagem familiar rival, desde que uma filha dele pudesse se casar com o primogênito da outra linhagem, garantindo, assim, que um neto dele ocupasse o poder. Ou, às vezes, um dos principais candidatos, se fosse jovem, simplesmente concordaria em governar em momento posterior. As histórias astecas são ocasionalmente bastante explícitas a respeito das negociações associadas a

77. Cf. Anais de Cuautilán (fólio 33).

riquezas e recursos[78]. Mas, em outros momentos, eles se voltam para versões suavizadas que se encaixam facilmente na tradição dos minidiálogos apresentados ao público em noites estreladas:

> Moctezuma o Velho era quem deveria ter sido feito governante. É dito e relatado que ele não queria isso. Ele recusou, dizendo apenas: "Governarei mais tarde. Que seja meu querido tio Itzcoatl [que era filho de uma das concubinas de seu avô]. Desejo servir como seu apoiador, colocando o mexica tenochca em um estado de atenção em relação à sua comida e água [seu sustento]. Vou estabelecer a autoridade real deles. Eu não quero ser governante. Por esse motivo, instale-me como *tlacateccatl* [o título de grão-conselheiro]. Por ora, deixe meu querido tio Itzcoatl governar. Partirei [como guerreiro] e nos fornecerei terras às custas daqueles *altépetls* que nos cercam"[79].

Nesse mundo de alianças e conflitos, a posição de alguém dependia em grande parte de quem era sua mãe ou sua avó. Podemos, portanto, sustentar que as mulheres, através de seus casamentos, desempenhavam um papel central na política. A princípio, pode-se imaginar que esses casamentos equivaliam ao que entenderíamos como uma espécie de tráfico de mulheres – isto é, que os casamentos representavam acordos feitos por homens e para homens, que eram arranjos sobre os quais as mulheres não tinham absolutamente controle algum. Mas estaríamos nos iludindo. As histórias revelam que as mulheres em todos os palácios reais eram ativas na promoção de certas agendas com os homens membros da comunidade e da família, e, fora do palácio, as mulheres comuns, por meio de fofocas e até reclamações ostensivas, podiam ajudar a garantir que certos arranjos fossem feitos ou não. Em um texto, os mexicas tentavam interferir nos assuntos do *altépetl* de Cuautinchán colocando um de seus próprios filhos no trono. "A mulher honrada chamada

78. Cf. as narrativas de Texcoco no Códice Chimalpahin (2).

79. Cf. Anais de Cuautilán (fólio 34).

A pedra da coroação de Moctezuma II. Quando um novo rei era coroado, projetos de novas edificações marcavam a ocasião. Essa pedra registra os nomes de cada um dos Cinco Sóis da criação: Quatro Ocelote, Quatro Vento, Quatro Chuva, Quatro Água e, no centro, Nahui Olin ("Quatro Movimento"). O sinal do ano em caixa (centro inferior) é Onze Junco, quando Moctezuma se tornou rei. No topo, um sinal do dia aparece (Um Crocodilo), quase certamente a data da coroação.

Naniotzin ['Maternidade'] falou: 'Ele é quem será nosso governante?! Ele não é um ayapaneca [ou seja, um de seus pais veio de uma aldeia inimiga]? Não é possível!'"[80]

Os mexicas, em particular, viam as mulheres como jogadoras valiosas no tabuleiro político de que todos os humanos tinham de participar. Em todas as fases da vida (amadurecimento, casamento, nascimento de uma criança), meninos e rapazes assistiam a cerimônias que os advertiam a levar suas responsabilidades ante o *altépetl* muito a sério – e os discursos feitos às moças parecem ter sido ainda mais longos[81]. Por meio de seu papel como mães, as mulheres eram entendidas como essenciais para o futuro de seu povo; através de seu papel como educadoras, elas eram, de certa forma, imaginadas como as guardiãs da política. E entendia-se que elas tinham que ser ensinadas ou convencidas a levar seu papel a sério. Ninguém parecia

Esculturas de mulheres com bebês foram encontradas em toda a região central do México.

80. Cf. *Historia Tolteca-Chichimeca* (fólio 43v).

81. Cf. Códice Florentino 6 e Diálogos Bancroft.

imaginar que as jovens eram tábula rasa, ou mesmo facilmente conduzidas. A respeito de uma jovem que parecia insistir em fazer as coisas a sua maneira, dizia-se: "Pois bem, ela pode ser colocada em uma caixa ou em um baú de junco?"[82] A resposta, obviamente, era: "Não". Histórias retratavam mulheres determinadas como agentes ativos na salvação de seu povo. Anos após a morte do semimítico Chimalxochitl, as mulheres mexicas ainda estavam fugindo e sendo dispersas quando os homens de sua comunidade perderam uma guerra. Em uma história, elas escaparam da escravidão flutuando no lago sobre os escudos de seus homens mortos e moribundos. Elas primeiro tiveram de esconder seus bebês e suas crianças pequenas entre os juncos. No dia seguinte, quando seus inimigos haviam partido, elas voltaram e encontraram tantos quanto puderam – e suportando a dor de perder aqueles que haviam desaparecido. Era responsabilidade delas garantir que seu *altépetl* tivesse um futuro, criando o maior número possível de filhos. Elas encontraram a coragem emocional para cumprir seu dever[83].

QUATRO PERÍODOS DA HISTÓRIA DOS MEXICAS

Histórias lendárias astecas nos ajudam a entender quatro fases-chave da história dos mexicas. Primeiramente, elas iluminam os anos iniciais, quando a cidade de Tenochtitlán foi fundada e ocupada e uma linhagem real foi estabelecida. Esses eventos ocorreram aproximadamente na década de 1350, cerca de duzentos anos antes da chegada dos europeus. Em segundo lugar, as histórias ressaltam a importância de uma grande crise que ocorreu no final dos anos 1420 e no início dos anos 1430, na qual o já mencionado Maxtla da cidade-Estado de Azcapotzalco foi deposto, permitindo que o poder dos mexicas começasse a crescer. Em terceiro lugar, essas histórias

---

82. Cf. Dibble; Anderson (1950-1982, 6:248).

83. Cf. Códice Chimalpahin (1:207-209).

A FAMÍLIA REAL DE TENOCHTITLÁN

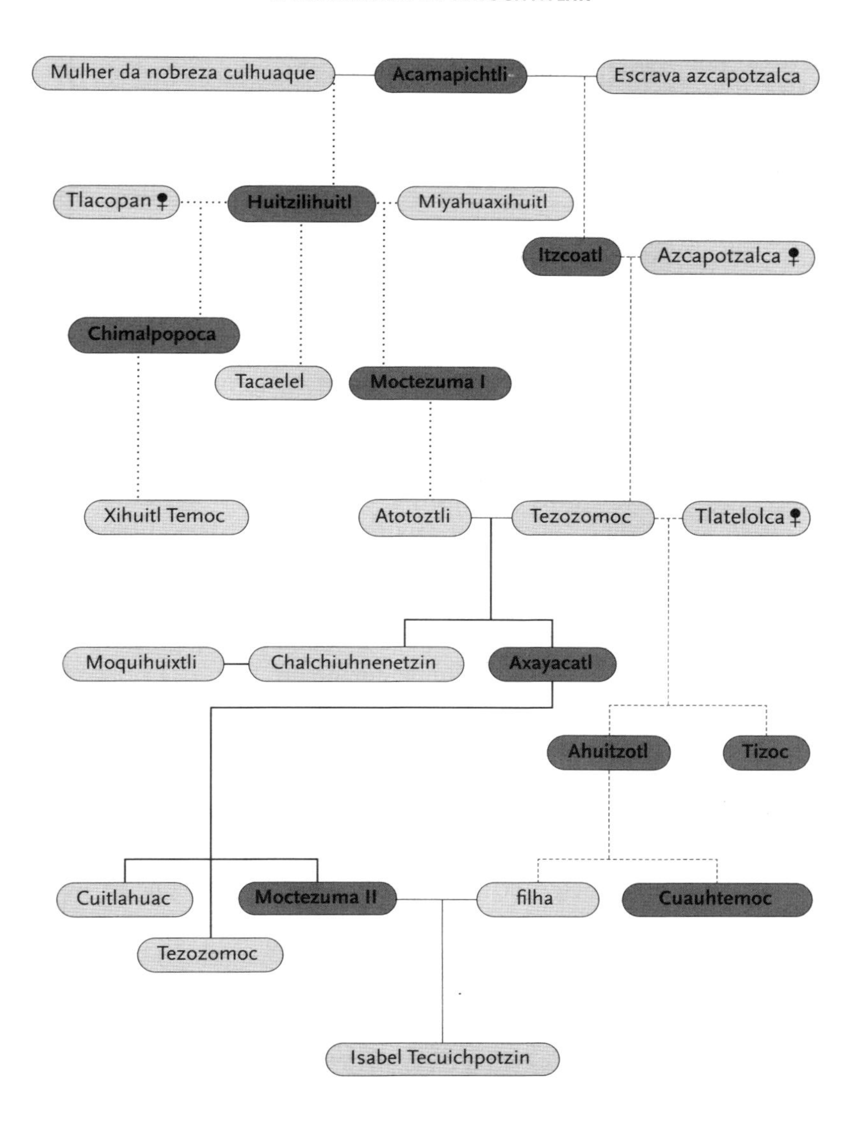

falam de um crescimento do poder dos mexicas entre as décadas de 1450 e 1470. E, por fim, chamam a atenção para uma série de crises imperiais tardias que ocorreram nas últimas décadas antes da chegada dos espanhóis, e em verdade preparam o terreno para essa crise. Essas histórias não eram todas literalmente verdadeiras em cada detalhe; não obstante, transmitiam as verdades mais fundamentais a respeito das situações que importavam para as pessoas.

OS PRIMEIROS ANOS, C. 1350

Os mexicas, devemos lembrar, estavam entre os últimos povos migrantes falantes de náuatle a viajar ao sul a partir do lugar que chamavam de Aztlán. Eles chegaram ao centro do México nos anos 1200 e por muitos anos sobreviveram como andarilhos, vivendo como dependentes ora de um grupo, ora de outro. Eles tinham líderes, é claro, mas nem eles nem seus vizinhos os concebiam como detentores de um *tlatoani*, isto é, um chefe ou rei. *Tlatoani* significa, no sentido mais literal, "aquele que fala regularmente". Um chefe era uma pessoa que falava em nome do grupo, de acordo com a vontade deste. Uma vez que ele estava formal e cerimonialmente sentado na "esteira de junco" – o trono –, entendia-se que o *altépetl* havia se constituído, que não era mais simplesmente um grupo de pessoas que dependia de alguma outra política para sobreviver. Para que um *tlatocayotl* – um governo ou uma linhagem principal – se estabelecesse, o *altépetl* precisava ter terras que chamasse de suas e vizinhos que admitissem que eles eram uma entidade soberana.

Um *tlatoani* era uma figura extremamente importante, mas não no sentido de ser despótico ou assustador. Às vezes, podia ser os dois, mas esse não era seu papel aceito. Segundo o papel que lhe era atribuído, cabia a ele assumir a responsabilidade por seu povo e protegê-lo a todo custo. Podia levá-lo à guerra, mas apenas se tivesse feito questão de verificar primeiro se sua gente teria chance de vencer – nunca porque desejasse se exibir ou se arriscar visando ao seu próprio engrandecimento. Era trabalho dele afastar seu povo das guerras

Tapetes de junco como retratado no Códice Florentino, indicando a autoridade dos reis.

que provavelmente perderiam. Ele poderia ter muitas esposas, mas apenas se tivesse acumulado riqueza suficiente para sustentar todas elas, e nunca deveria atrair a esposa de outro homem. A ganância ou a embriaguez por parte dos líderes eram totalmente inaceitáveis; em verdade, uma exibição de tais características era suficiente para fazer com que um povo declarasse seu governante inapto[84].

Quando um homem se tornava chefe, orava em voz alta a Tezcatlipoca, reconhecendo que provavelmente não era digno, não era responsável o bastante para ocupar tal posição. Mas ele faria o seu melhor. Falava sobre o que via por si mesmo em seus sonhos: "É a carga, o fardo nas costas, pesado, intolerável, insuportável; o grande pacote, a grande caçamba". Ele sabia que era a mesma carregada por outros antes dele que acabaram "na esteira de junco, o trono". As pessoas cantavam de volta para ele, implorando que ele aceitasse, pois não tinham um líder. "A cauda, as asas [os plebeus] não têm mais mãe, não têm mais pai." Precisavam de alguém que zelasse, que cuidasse deles. Uma vez que ele aceitasse, imploravam para que não esquecesse seu papel, não permitisse que seu poder o corrompesse, não se permitisse cair em fúria ou gula. Eles carinhosamente

84. Por exemplo: Reyes García (2001, p. 236-237).

o chamavam de "neto", como ele às vezes os chamava de "pais", em uma inversão educada:

Capte, preste atenção, ó meu neto, ó precioso senhor: na terra todos vivem, todos vão ao longo de um pico de montanha. Ali há um abismo; aqui há um abismo. Em nenhum lugar é possível [virar]. À esquerda, à direita, está o abismo. Não se torne um animal selvagem: não arreganhe completamente os dentes, as garras. Não se enfureça completamente. Não espalhe medo, não se torne espinhoso. Recolha seus dentes, suas garras[85].

Não eram apenas chefes mortais que deveriam cumprir seu dever cuidando de seres menos poderosos. Até aos deuses se dirigiam súplicas nos mesmos termos. Quando o povo orou a Tlaloc pedindo chuva, eles o lembraram de que os seres mais fracos e irrepreensíveis de todos – as crianças e os animais – estavam sofrendo tanto ou mais do que nobres errantes: "Todas as pequenas criaturas estão sofrendo. O turpial, o aiaiá rosado arrastam as asas. Eles não tocam o chão, estão virados de cabeça para baixo. Eles abrem e fecham os bicos [de sede]. E os animais, os de quatro patas do senhor do que está perto e próximo, apenas vagam. Eles mal conseguem se levantar; sem

Desenhos no Códice Florentino nos lembram repetidamente do amor dos mexicas pelas criaturas da terra.

85. Cf. Dibble; Anderson (1950-1982, 6:42, 47 e 53).

nenhum propósito, eles lambem o chão. Eles estão sedentos de água. Já há morte, todos estão perecendo. As pessoas comuns e os animais estão morrendo"[86]. Mesmo as orações ao impiedoso Tezcatlipoca em tempos de dificuldades eram, em essência, pedidos para que ele cumprisse seu dever e poupasse os impotentes que não haviam feito nada para merecer seus sofrimentos. "Ó mestre, ó senhor, o *altépetl* é como um bebê, uma criança." E novamente: "Que sua raiva diminua, que sua fúria seja aplacada". E finalmente: "Que eu não tenha despertado seus sentimentos, que eu não tenha pisado em sua raiva. Ó senhor, cumpra seu ofício, cumpra seu dever!"[87]

Como o estabelecimento de um *tlatoani*, um protetor, era tão importante, não é de se admirar que numerosos contos tenham sido contados sobre os esforços dos mexicas para garantir a honra de ter um chefe. Cada versão era um pouco diferente, pois contadores de diferentes *altépetls* queriam que seu próprio povo tivesse parte do crédito pelo que havia acontecido. Mas o ponto principal era que os mexicas precisavam garantir a cooperação de seus vizinhos mais próximos e antigos inimigos, o povo de Culhuacán. O rei culhuaque tinha um neto cujo pai tinha sido mexica, então pediram que ele fosse dado aos mexicas como seu governante. Seu nome era originalmente Itzpapalotl (em homenagem à divindade), embora mais tarde o chamassem de Acamapichtli ("Punhado de juncos"), em homenagem ao lugar de que seria governante. Posteriormente pediram que ele recebesse uma noiva culhuaque. A oferta deles era tentadora para o povo culhuaque: os visitantes estavam prometendo que a família real de Tenochtitlán fosse iniciada por um homem que era metade culhuaque, casado com uma mulher culhuaque puro sangue. Sua lealdade a Culhuacán, portanto, quase que certamente permaneceria firme. No entanto, os nobres culhuaques disseram que precisavam

86. Cf. Dibble; Anderson (1950-1982, 6:35).

87. Cf. Dibble; Anderson (1950-1982, 6:4-5).

Fotografia de Bibliothèque nationale de France, Paris, Dist. RMN-Grand Palais/Image BnF

de tempo para pensar na proposta. Por fim, retornaram com esta resposta, dando a última palavra a uma mulher:

> O governante Teuctlamacazqui Nauhyotl disse: "Está tudo bem, mexica. O que devo dizer aqui em Culhuacán, senão que ele é realmente seu filho, seu neto? Deixe-o partir. Pegue-o. Pois ele é um homem de verdade [um guerreiro]. Se ele fosse uma mulher, não seria possível para você tomá-la [como governante]. E eis aqui outra coisa: que ele cuide bem dos plebeus, da cauda e das asas. E que o sacerdote Huitzilopochtli cuide das coisas para Aquele que está próximo, que está Perto, para a Noite, o Vento, a Guerra, Tezcatlipoca. Então [o emissário] vai perguntar à minha

filha, a nobre Atotoztli, se ela vai deixá-lo ir. Pois ele é filho dela. Ele vai perguntar a ela?"[88]

O Códice Azcatitlan representa a crise das guerras tepanecas. Em Tenochtitlán (à esquerda), a família de Acamapichtli governa, e o povo mexica se ocupa do trabalho. Então (à direita) Tezozomoc of Azcapotzalco morre, e seu filho Maxtla toma o poder e constrói seu domínio, assassinando os membros da família de Acamapichtli (na extremidade direita).

88. Cf. Códice Chimalpahin (1:115-17). Cf. também Anais de Tlatelolco e Anais de Cuautilán.

Os mexicas responderam com gratidão. Eles ficaram um pouco surpresos quando souberam que o príncipe não morava realmente em Culhuacán e teria que ser procurado na cidade de Coatlichan, mas concordaram em procurá-lo lá e partir. Aqui, as várias versões da história se afastam umas das outras. Uma mulher chamada Ilancueitl ("Saia de mulher anciã") era sua tia ou aquela que se tornou sua esposa. Ela era de um ou outro *altépetl*, dependendo da preferência do contador, e se ele desejava ou não que seu próprio povo fosse parente da família real asteca. Mas todos concordaram que, quando o jovem chegou a Tenochtitlán, as pessoas disseram: "É bom! Ele é bem-vindo. Qual é o nome dele?" E a resposta veio: "Que seja dito, Acamapichtli". E construíram um lar para ele no pântano.

Em geral, acredita-se que isso tenha ocorrido no ano de 1367 do calendário ocidental. Não muitos anos depois, quando o povo era governado pelo filho de Acamapichtli, Huitzilihuitl ("Pena de beija-flor", em homenagem ao pai de Chimalxochitl), outro evento fundamental ocorreu, e também envolveu um casamento importante. Primeiro, os contadores de histórias colocavam as coisas solidamente dentro do reino da história real: nesse ponto do desenvolvimento de Tenochtitlán, eles explicaram, as pessoas precisavam muito de acesso a mais algodão, que não crescia bem na bacia central. Eles inicialmente tentaram o comércio de longa distância, "mas o algodão nunca chegou aos mexicas, pois os mexicas eram muito pobres". O rei decidiu corrigir a situação oferecendo casamento à filha do senhor de Cuernavaca, um dos lugares onde o algodão crescia em abundância. Mas o senhor Ozomatzin, que tinha grande poder, incluindo habilidades como feiticeiro, se recusou a aceitar o negócio. Seu reino era rico; ele podia garantir um casamento melhor para a filha. Como mostra a história de abertura do capítulo, ele enviou os emissários de Huitzilihuitl para casa em termos inequívocos.

> Quando Huitzilihuitl ouviu isso, ficou muito desapontado por não ter sido aceito. Mas então, mais uma vez à noite, Yohualli

> falou com ele enquanto dormia. Ele disse: "Não se preocupe. Eu vim para lhe dizer como você deve fazer as coisas para que você obtenha Miyahuaxihuitl. Faça um dardo e uma rede para lançar contra a casa de Ozomatzin, onde sua filha está confinada. E adorne o caniço com o maior capricho. Pinte-o lindamente. Dentro dele deve ser colocada uma pedra verde preciosa, a mais preciosa e cintilante. E você estará dentro dos limites deles; de lá você atirará o dardo. O caniço no qual a pedra verde preciosa será inserida cairá onde a filha do senhor Ozomatzin está confinada. Assim a pegaremos". E então o governante Huitzilihuitl o fez.

Na vida real, como sabemos por outros anais históricos e pela arqueologia, seguiu-se uma guerra, uma luta na qual os mexicas usaram da violência para obter um acordo para uma aliança política a ser selada por meio de um casamento. Mas nas histórias contadas gerações depois, era melhor que essas coisas não fossem mencionadas. Afinal, o filho de Miyahuaxihuitl, Moctezuma o Velho, mais tarde se tornou *tlatoani*. Não seria bom falar muito alto do estado de guerra que existira entre os povos de seus pais. Assim, os contadores de histórias transmitiram o que precisava ser transmitido em termos apócrifos. A jovem ficou assustada quando a pedra preciosa pousou sobre seus pés: "Caiu como se tivesse vindo dos céus". Ela a pegou e se maravilhou. "Nunca tinha visto algo como aquilo." Em sua curiosidade, colocou-a rapidamente na boca. Então, por acidente, ela a engoliu! Na antiga tradição nativa, a jovem engravidou da pedra preciosa. "Aconteceu que Moctezuma Ilhuicaminatzin ["Moctezuma atirado dos céus"] foi concebido." E embora possa parecer que ela tenha sido enganada, permitindo que o rei mexica se aproximasse demais e sendo puxada para o jogo político dele, foi ela quem de fato riu por último. Pois foi o filho dela, e não o de outra esposa, que se tornou rei de incontáveis milhares[89].

---

89. Cf. Códice Chimalpahin (1:119-123). Cf. também Schroeder (1998).

A CRISE DAS GUERRAS TEPANECAS NAS DÉCADAS DE 1420 E 1430

O povo tepaneca há muito governava a região central do México. Seu principal assentamento de Azcapotzalco, lembremos, há muito tempo era a cidade-Estado dominante no vale. Tezozomoc, governante de Azcapotzalco por muitas décadas, teve muitos filhos com muitas mulheres. Na sua morte, foi esse fato que derrubou seu reino. Seu filho ganancioso, Maxtla, como vimos, não se contentou com a cidade que lhe fora dada e exigiu que se tornasse o grão-rei de Azcapotzalco, expulsando seu próprio meio-irmão. Isso desencadeou uma tempestade perigosa para os que viviam na época – mas o período de fluxo também trouxe um momento de possibilidade para aqueles que anteriormente haviam sido marginalizados, incluindo os mexicas. Além disso, criou uma oportunidade deliciosa para os contadores de histórias falarem de forma evocativa dos verdadeiros dramas de espionagem que se desenrolaram durante esse período.

Chimalpopoca, o *tlatoani* mexica, não era amigo de Maxtla, pois a família daquele tinha fortes laços intermatrimoniais com a família do meio-irmão deposto. Em uma história, Maxtla insulta diretamente Chimalpopoca estuprando uma de suas esposas quando elas estão no funeral de Tezozomoc. Quando Chimalpopoca volta para casa, sua esposa lhe conta o ocorrido. Ele se assusta e entende que a violação equivale a uma declaração de guerra. Em seu terror, sacrifica um de seus amigos íntimos aos deuses, na esperança de socorro. Seu tio Itzcoatl, filho de Acamapichtli com uma concubina, se revolta. Ele pensa consigo mesmo que, se é assim que as coisas aconteceram, ele mesmo deve ser o governante, ainda que não tenha nascido para isso. Então, de maneira inteligente, entra em contato com os próprios sogros, que são de outra cidade tepaneca e apoiam Maxtla, e faz com que eles venham enganar Chimalpopoca e o sacrifiquem em retribuição ao que ele fez. Quando inevitavelmente vaza a notícia de que os tepanecas entraram em Tenochtitlán e assassinaram o rei,

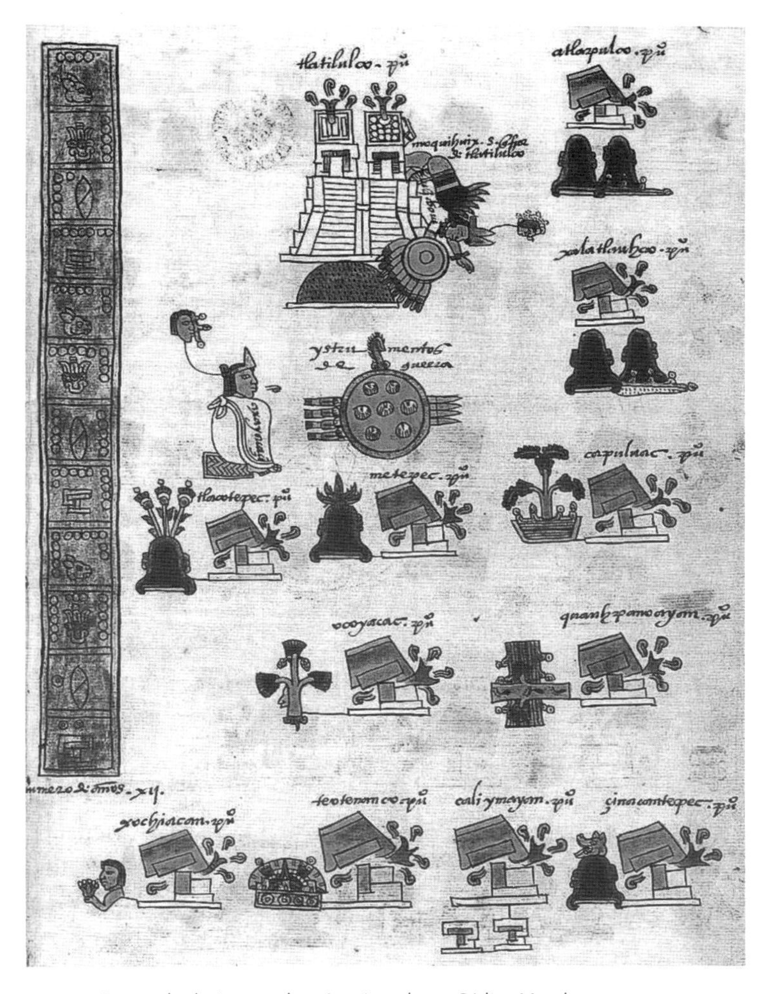

O reinado de Axayacatl está registrado no Códice Mendoza, um texto muito antigo pós-conquista. Em estilo típico, mostra todos os lugares que seus guerreiros conquistaram, mas se concentra especialmente na derrota de Moquihuixtli de Tlatelolco.

os mexicas estão compreensivelmente enfurecidos e se preparam para a guerra. Itzcoatl então decide liderá-los – e ele mesmo é eleito *tlatoani*[90]. (Provavelmente essa história sobre Chimalpopoca não é verdadeira em um sentido literal: a maioria das fontes converge para a versão de que ele foi simplesmente assassinado por homens de Maxtla. O importante é que, à medida que a situação se transformou em um virtual caos, Itzcoatl viu uma oportunidade e interveio.)

Neste ponto – tanto da história quanto da vida –, a guerra realmente eclodiu ("então a guerra se espalhou"), pois ambos os lados enviaram mensageiros para amigos e parentes em todos os *altépetls* próximos. Houve crises em Tlatelolco, Xochimilco, Texcoco, Cuauhtitlán, Chalco e outros lugares, enquanto todos corriam para tentar descobrir qual seria o lado vencedor e entrar nessa onda. O drama – e o diálogo tornado história – foi intenso. A certa altura, o jovem príncipe Moctezuma (que mais tarde se tornaria *tlatoani*) estava em Chalco com alguns companheiros granjeando apoio, mas a maré da discussão se voltou contra ele, e ele foi preso e destinado ao sacrifício punitivo pela manhã. Porém, através de um sonho, Yohualli falou com o *tlatoani* local e – começando com humor – disse: "Cuateotl, você está dormindo?" Ele respondeu (possivelmente com um suspiro): "Não, senhor". E uma resposta muito séria veio: "Escute, eles reuniram todos para que os [visitantes] mexicas sejam sacrificados ao amanhecer, mas chegou a hora de deixá-los ir. [...] A mexica tenochca será [o poder do futuro], não a Tepaneca ou a Chalca". O rei foi dizer aos guardas para deixarem os cativos irem, "pois chegará o momento em que os mexicas serão nossa mãe, nosso pai". Os prisioneiros ficaram incrédulos a princípio, insistindo que eram corajosos o bastante para morrer, mas depois fugiram. Era uma situação crítica. Eles finalmente tiveram que matar um pescador teimoso para pegar sua canoa e fugir pela água[91].

90. Cf. Chimalpahin em Tena (1998, 1:365-375).

91. Cf. Chimalpahin em Tena (1998, 1:383-385).

Outra versão também lembra o diálogo de que "um dia o mexica tenochca será nossa mãe e nosso pai" – embora não seja um deus, mas algumas pessoas amigáveis de Huexotzinco que dizem as palavras – e depois dá um elenco mais suave e poético à fuga da madrugada de Moctezuma e seus companheiros. Na verdade, poderia ser o desenlace de um filme moderno:

> Eles chegaram à beira da floresta e olharam para fora [com preocupação], como se os feiticeiros vivessem na luz procurando-os onde quer que fossem. Quando ouviram o estalo das sandálias [atrás deles], fugiram, enquanto os chalcas procuravam os grandes chefes mexicas. E eles vieram descansar em Texcoco [...]. Era madrugada. Os pássaros já estavam gritando. O senhor Moctezuma disse a um jovem: "Estou morrendo de sede". Então o jovem foi pegar água de um cacto tuna, a qual Moctezuma Atirado dos Céus bebeu. Eles passaram mais um dia no local onde haviam se escondido em Tetzitzillacatitlan e novamente dormiram lá. E quando amanheceu e os pássaros estavam cantando, eles fugiram assim que o dia raiou. Então chamaram um dos pescadores que viviam junto à água com um barco. Eles o chamaram em seu dialeto acolhua e disseram: "Traga seu barco aqui". E o pescador, que os ouviu, pensou que talvez fossem seus amigos pescadores que o chamavam, então imediatamente foi levar o barco para a costa. Depois, aqueles [...] que estavam procurando pelos grandes chefes mexicas bateram no pescador com paus e o jogaram na água. Mais tarde, ele se juntou àqueles que vinham pelas águas perseguindo os mexicas.[92]

Histórias dessa época que não emergiam de Tenochtitlán, mas de outras cidades-Estados, lançavam as coisas de um ângulo diferente, mas todos pareciam concordar que os tepanecas haviam sido arrogantes e afastado seus amigos, deixando-os vulneráveis quando Itzcoatl e seus seguidores começaram a procurar aliados. Em

92. Cf. Códice Chimalpahin (2:53-55).

Cuautilán, por exemplo, eles se encolheram sob a autoridade de um *tlatoani* que Maxtla e seus pares lhes haviam imposto, e assim eles instalaram em sigilo um governante de sua própria escolha. "Os únicos que sabiam disso eram [seus amigos] os mexicas tenochca." E mais tarde o narrador colocou a situação em termos ainda mais abertos: "Os tepanecas haviam causado muito sofrimento". Ele listou os príncipes que haviam matado e não ficou surpreso por tantos terem escolhido ficar do lado dos mexicas quando o cataclismo chegou.

Talvez o drama mais famoso dessa época tenha sido a história que saiu de Texcoco. O jovem príncipe Nezahualcoyotl ("Coiote faminto") tinha visto o próprio pai ser assassinado pelos tepanecas porque ele se recusara a declarar um filho de uma de suas mulheres como herdeiro. O nome de Nezahualcoyotl é emblemático do fato de que ele nasceu em uma época em que nem seu *altépetl* de Texcoco, nem sua linhagem dentro desse *altépetl* eram particularmente poderosos: sua mãe era uma nobre mexica. Alguns diziam que Nezahualcoyotl assistiu à morte do pai de uma caverna; outros, que ele estava observando de uma árvore, mas, em ambos os casos, o menino fugiu para o leste e viveu sob os cuidados de vários amigos e parentes entre o povo de Huexotzinco e Tlaxcala. Quando os mexicas decidiram se sublevar contra Maxtla de Azcapotzalco, Nezahualcoyotl – então um homem adulto – foi o primeiro aliado procurado, e este se uniu a eles com prazer. Nezahualcoyotl foi visitar seus antigos contatos na região e prometeu-lhes que não pagariam tributos aos tepanecas se ajudassem ele e Itzcoatl de Tenochtitlán a derrubar Maxtla. Falou com eloquência. O narrador elogiou o que ele realizou: "Então, finalmente, os crimes dos tepanecas foram claramente vistos"[93]. As comunidades do leste se juntaram à guerra ao lado dos mexicas.

93. Cf. Anais de Cuautilán (fólios 43-44). Cf. também Anais de Tlatelolco.

Esta escultura moderna de Nezahualcoyotl é obra do artista mexicano Humberto Peraza.

Finalmente, os homens maus foram derrotados. E a estrela dos mexicas se levantou.

NEZAHUALCOYOTL: O REI POETA?

Muitas histórias cresceram em torno de Nezahualcoyotl, *tlatoani* de Texcoco. Os modernos quiseram transformá-lo em um herói com o qual pudessem se identificar: guerreiro competente, poeta e músico que abominava o sacrifício humano – em outras palavras, um grande líder de acordo com os padrões morais de hoje. Nezahualcoyotl foi de fato um líder talentoso e muito honrado de seu povo. No entanto, ele alcançou o poder e governou da maneira que esperaríamos que um chefe vitorioso daquele tempo e lugar fizesse quando consideramos o assunto de forma realista.

A vitória militar que ele ajudou a projetar sobre Maxtla de Azcapotzalco o tornou figura-chave na nova Tríplice Aliança. Os três reis no poder regularmente entregavam uns aos outros suas filhas ou irmãs mais novas como noivas, e Texcoco, na margem leste do lago, também negociava ativamente com os mexicas, de modo que os dois grupos étnicos estavam unidos política e economicamente. Nezahualcoyotl aumentou seu poder ao se casar estrategicamente com mulheres de *altépetls* vizinhos, criar os filhos por eles gerados para que fossem leais a ele e depois enviá-los de volta para as casas de suas mães para governar. Sua corte era rica e grande, e à noite as pessoas se reuniam para cantar, dançar e contar histórias. Muitas vezes eles o mencionavam, ou até contavam as histórias de seu ponto de vista, pois esse era o costume.

Nezahualcoyotl apareceu na nota de 100 pesos mexicanos por trinta anos.

Um ano, essas noites de música provocaram uma crise. Nezahualcoyotl tinha entre suas mulheres uma concubina (ou talvez esposa menor) de Tollan (ou Tula). Ela era uma cantora talentosa e, por obra dos ardis da primeira esposa de Nezahualcoyotl, envolveu-se em uma espécie de duelo performático de flerte com um dos filhos bonitos do rei. De acordo com as histórias que foram contadas mais tarde por espanhóis e aqueles educados por espanhóis, Nezahualcoyotl teve de ver seu filho condenado à morte por ter violado a lei ao traí-lo, e essa decisão – que ele foi forçado a tomar por causa de suas próprias leis – o fez chorar. A história evocava outra que os ocidentais conheciam bem: a de Rei Artur, Lancelot e Guinevere.

Na realidade, as fontes da língua náuatle nos ensinam que havia outra dinâmica em jogo. Nezahualcoyotl já era um homem velho e, no decorrer de sua longa vida, o antigo rei mexica havia morrido e outro havia tomado seu lugar. Os herdeiros de Nezahualcoyotl haviam sido criados por um parente próximo do velho rei mexica. Agora, o novo queria que o governo de Texcoco fosse herdado por uma de suas conexões mais próximas. Ele usou o espetáculo teatral que provocou fofocas como desculpa para forçar a esposa principal de Nezahualcoyotl e seus filhos a deixarem o poder e substituí-los por uma nova esposa principal e herdeiros mais solidários a ele. Foi assim que, quando Nezahualcoyotl morreu, aos setenta anos, com dezenas de filhos crescidos, ele foi sucedido por um menino de nove anos, convenientemente chamado Nezahualpilli ("Filho do faminto").

Ao longo de sua vida, Nezahualcoyotl navegou diversas vezes e com habilidade por grandes mudanças políticas. Em razão de ser um rei guerreiro bem-sucedido e por vezes implacável que interagia astutamente com aliados-chave, ele trouxe ao povo de Texcoco cinquenta anos de relativa estabilidade. Perto do fim de sua vida, ele tomou decisões acerca da sucessão que eram necessárias para evitar problemas com os mexicas, o que teria provocado uma guerra civil. Os astecas definiam um bom rei como aquele que sabia quando lutar e quando não lutar, que sempre tinha por princípio fundamental o bem de seu povo em longo prazo. Por esses padrões, Nezahualcoyotl foi de fato um grande homem.

CAPÍTULO 4

UM PODER ASCENDENTE

A história do centro do México na segunda metade do século XV é a história do triunfo dos mexicas sobre todos os desafios e do aumento constante de seu poder. Talvez não por acaso, esse período de ascensão se deu em um contexto brutal de seca e fome, um período durante o qual os líderes mexicas juraram a si mesmos que nunca mais deixariam algo assim acontecer.

Nas memórias dos contadores de histórias, a fome, como muitas catástrofes, tinha algo a ver com o ano Um Coelho, conhecido por ser um portador da desgraça. Ou as colheitas haviam conhecido um fracasso inicial, ou a fome atingira seu apogeu naquele ano. De qualquer forma, as colheitas foram parcas, e a terra estava seca e morrendo. Aqueles que falavam desse período sempre faziam referência aos seus horrores. "Não havia mais nem um pedaço de tortilha à venda. Os abutres enfiavam-se dentro dos cadáveres e se alimentavam deles; ninguém mais os enterrava."[94] Nesse momento de extrema dificuldade, alguns dos mexicas e outros povos do vale central entregaram alguns de seus filhos a comerciantes de terras distantes, que, por sua vez, os venderam como escravos em regiões distantes onde a chuva ainda caía. "Eles foram levados pela cabeça", diziam os narradores, o que significa que foram presos pelo pescoço e forçados a caminhar como prisioneiros de guerra[95]. Tais memórias eram mais do que dolorosas.

Após esses acontecimentos, os mexicas decidiram realizar mais conquistas e coletar mais tributos, a fim de se precaverem contra tais desastres no futuro. Um príncipe chamado Axayacatl tornou-se rei em 1469. Ele recebeu o nome de um besouro d'água que voava com agilidade na superfície do lago – e, de fato, o rapaz era um guerreiro

---

94. Cf. Códice Aubin (fólio 35).

95. Cf. Anais de Tlatelolco (fólio 13v).

especialista em canoagem. É muito provável, porém, que ele não tenha sido escolhido por tais atributos. Na verdade, seus próprios meios-irmãos mais velhos de mães diferentes adoravam contar histórias a respeito de como ele era covarde, precisando comprar seus prisioneiros no mercado de escravos, já que ele supostamente jamais capturara uma alma sequer no campo de batalha[96]. É provável que isso não seja verdade, mas demonstra que seus méritos como lutador certamente não eram decisivos. Em vez disso, ele era o candidato perfeito, porque, por parte de pai, descendia do ramo da família de Itzcoatl e, por parte de mãe, da principal linhagem real. Assim, reuniu duas linhas concorrentes que, de outra forma, poderiam ter entrado em conflito.

O corajoso besouro d'água teve seu trabalho facilitado na tentativa de aumentar a riqueza e o poder de Tenochtitlán. Ele trabalhou duro, levando seu povo à guerra pessoalmente e mesmo chegando a receber ferimentos. Nos anais de outras cidades, muitos dos acordos celebrados em torno de tributos surgem datados de seu governo[97]. Duas situações com as quais ele teve de lidar em rápida sucessão foram de fato muito sérias, e os contadores de histórias as preservaram para as gerações vindouras. A primeira: à época em que se tornara rei, os mexicas estavam encerrando um longo período de guerras contra os chalcas. Em um esforço para subjugar mais duramente o povo daquela comunidade e impor-lhes o pagamento de tributos em razão da fome, os mexicas exigiram que os chalcas enviassem homens para ajudar a tornar seu templo principal mais grandioso. Os chalcas se recusaram a atender a tal exigência, e esse foi o estopim da guerra. Por fim, exaustos, alguns chalcas fizeram um apelo por paz, mas foram rechaçados e, sem sucesso, seu próprio povo condenou o esforço que haviam feito, declarando que ninguém jamais quereria qualquer forma de paz com os mexicas. Depois

96. Cf. Códice Chimalpahin (1:137).

97. Por exemplo: *Historia Tolteca-Chichimeca* (fólio 44v).

A MALDIÇÃO DO ANO UM COELHO

Os astecas associavam o ano Um Coelho – que ocorria uma vez a cada cinquenta e dois anos – à fome. Eles até tinham o ditado "fomos encoelhados", o que significava que alguma calamidade havia acontecido. Vários conjuntos de anais nos dizem que uma terrível seca ocorreu na década de 1450, culminando em 1454, um ano Um Coelho. Por muito tempo permaneceu em aberto a questão sobre se havia uma associação antiga entre o sinal desse ano e a fome, de modo que os contadores de histórias escolheram aquele ano dentre uma sequência de vários para se concentrar, ou se os horrores de 1454 foram tão reais e tão extremos que, pela primeira vez, *criaram* essa associação na mente das pessoas – o que então influenciou a maneira como as pessoas contaram sua história nos anos posteriores, mesmo que ela não tivesse sido contada dessa forma antes. (Por exemplo, uma derrota militar horrível que a maioria dos narradores concordou ter ocorrido em um ano Dois Junco foi ocasionalmente colocada no ano Um Coelho. Um historiador posterior simplesmente se convenceu de que ele deveria colocar o evento naquele ano.)

No início dos anos 2000, um grupo de dendrocronologistas (geocientistas que estudam anéis de árvores) fez um estudo cuidadoso a respeito do assunto. Há treze anos Um Coelho entre 882 e 1558, e eles descobriram que, no centro do México, "dez deles foram

de mais alguns anos de luta, no entanto, os possíveis negociadores estavam certos. Os guerreiros mexicas alcançaram o topo da colina mais alta da região de Chalco e, de lá, conseguiram "alvejar seus deuses" – isto é, incendiar seus templos. Este sempre foi o sinal da derrota final. Se os guerreiros não pudessem evitar tal destruição, então tudo estava irrevogavelmente perdido. Para completar, os mexicas levaram uma filha real de Chalco para Tenochtitlán com o intuito de que ela se tornasse esposa do *tlatoani* mexica. Seu filho seria criado lá – e depois voltaria para Chalco para governar, a pior das situações do ponto de vista chalcano[98].

98. Cf. Chimalpahin em Tena (1998, 2:84-97).

imediatamente precedidos por um crescimento de árvores abaixo do normal no ano [anterior] da Casa Treze"[99]. Em outras palavras, havia de fato uma correlação com a seca. Essa notável coincidência teria sido mais do que suficiente para estabelecer uma conexão de vários séculos entre o ano Um Coelho e a fome. O desastre de meados da década de 1450 só teria dramatizado o que as pessoas já acreditavam.

Representações do ano Um Coelho aparecem com frequência nas artes da pré-conquista e do início da pós-conquista.

Durante esses mesmos anos, crescia o ressentimento do povo de Tlatelolco contra seus irmãos tenochca. Tlatelolco era um assentamento separado, localizado na ponta norte da ilha e famoso por seu enorme mercado. No entanto, os povos de Tlatelolco e Tenochtitlán eram todos mexicas e estavam inter-relacionados. Eles viveram juntos pacificamente por décadas, com o assentamento maior, Tenochtitlán, dando a maior parte das ordens, mas com Tlatelolco beneficiando-se do relacionamento. Então, no final da década de 1460, o *tlatoani* que governou Tlatelolco por quarenta e um anos morreu. Ele desempenhou um papel nos arranjos políticos feitos na região após as guerras

99. Cf. Therrell; Stahle; Acuña Soto (set. 2004).

contra os tepanecas. Seu sucessor, no entanto, não teve uma visão de longo prazo. Ele viu apenas que Tenochtitlán sempre recebia uma parte maior do tributo após cada vitória militar[100].

Moquihuixtli traçou planos para a guerra. Ele fez isso entrando em contato com várias cidades-Estados e tentando convencê-las a romper com os mexicas e aderir a seu lado quando a violência iminente eclodiu. Logo após a derrota militar final dos chalcos, ele se aproximou deles, prometendo alívio do regime de tributo recém-imposto, mas eles o recusaram. Um contador disse que eles estavam tão hesitantes em arriscar a entrada em uma nova guerra que entregaram os emissários a Axayacatl, que supostamente os sacrificou, despejando sua carne em um guisado e ordenando que fosse servida a Moquihuixtli em um jantar de Estado[101]! Não precisamos nos perguntar se a história é literalmente verdadeira. Como poderia ter sido? Quando as coisas chegaram a tal ponto, Moquihuixtli não participava mais de jantares de Estado. A narrativa, porém, estende-se consideravelmente sobre as atitudes dos mexicas em relação ao fato de Moquihuixtli agir de maneira traiçoeira contra eles junto aos que lhes pagavam tributos. De qualquer forma, muitas comunidades também ficaram ofendidas com as abordagens de Moquihuixtli e se perguntaram se ele abandonaria suas terras quando lhe conviesse. Alguém se lembrou: "Ele fez uma promessa a Tollan [e outras cidades], dizendo: 'Quando derrotarmos nosso inimigo, os tenochcas, eu lhe darei a cidade de Cuautilán'"[102]. Mas algumas cidades eram mais confiantes e concordaram em se juntar a ele quando ele se sublevasse.

As histórias contadas à roda das fogueiras noturnas nos últimos anos iluminaram o aprofundamento das tensões políticas, concentrando-se nos casamentos de Moquihuixtli. O *tlatoani* fez o que os reis em seu tempo e lugar habitualmente faziam em tais

---

100. Cf. Anais de Tlatelolco (fólio 14).

101. Cf. Chimalpahin em Tena (1998, 2:101); Códice Chimalpahin (2:46-47).

102. Cf. Anais de Cuauhtitlán (fólio 56).

situações: reorganizou suas relações conjugais para fazer uma declaração pública sobre quais alianças ele valorizava e sobre a sucessão. Ele começou, por fim, a sublinhar que sua esposa tenochca, irmã de Axayacatl, não era sua principal consorte. Ele a insultou na frente das demais, declarando-a magra e pouco atraente. A jovem, Chalchiuhnenetzin ("Boneca de jade"), sofreu grandes humilhações. "Ela teve que dormir entre as pedras de moagem em um canto." Pior, seu marido ficou violento: "Ele realmente batia nela"[103]. Algumas das histórias eram bastante vivas em termos imagéticos. Em desespero, Chalchiuhnenetzin enviou mensagens ao irmão por meio de criados. Mas, a princípio, Axayacatl não queria ouvi-la. Talvez ele sentisse que já tinha problemas suficientes. Por fim, no entanto, ele passou a acreditar nela e sinalizou que ela deveria voltar para casa. Em trapos, ela voltou e contou tudo ao irmão. "Ele distribuiu escudos e clavas de guerra com lâminas de obsidiana [para seus aliados]. Eu ouvi o que ele disse. Houve consultas à noite [...]. Ele disse que vai nos destruir, os mexicas tenochca, que o único governo estará em Tlatelolco."[104]

Os próprios tlatelolcanos não contavam histórias sobre essa guerra – mal mencionando-a nas histórias que recitaram–, pois ela terminou em uma grande derrota para eles. Os tenochcas eram muito poderosos e tinham muitos aliados. Eles acabaram vitoriosos, e coube a eles o tear das histórias. Os tlatelolcanos atacaram primeiro e, com o elemento surpresa, conseguiram se segurar, no sentido de que não foram imediatamente destruídos. Mas eles foram levados de volta para sua parte da ilha. E, mais tarde, os tenochcas e seus aliados vieram em massa em uma força quase irresistível e literalmente jogaram os guerreiros tlatelolcanos restantes no lago. Mesmo na água, eles continuaram a persegui-los, derrubando os juncos para encontrar aqueles que estavam se escondendo. Mais tarde, foi dito que os tenochcas "fizeram-nos grasnar como patos". Muitas eram as piadas contadas pelos tenochcas sobre os patos tlatelolcanos.

---

103. Cf. Códice Chimalpahin (1:136-139).

104. Cf. Códice Chimalpahin (2:44-45).

Um bando de guerreiros perseguiu Moquihuixtli até o topo do templo da pirâmide de seu povo, e, de lá, ele se atirou ao chão. Ou talvez seus inimigos o tenham derrubado – os contadores de histórias se contradizem[105]. Mas, em ambos os casos, os tlatelolcanos, como os chalcanos, foram eliminados como grande potência. Dali em diante, o poder dos mexicas seria inquestionável. Eles consultariam seus aliados entre os povos de Texcoco e Tlacopan – aqueles com quem Itzcoatl havia originalmente feito um convite para que partilhassem do poder –, mas convidariam poucas pessoas para a mesa do conselho.

CRISES IMPERIAIS TARDIAS

Nas décadas que antecederam a chegada dos europeus, havia apenas uma cidade-Estado remanescente no centro do México, poderosa o suficiente para resistir à incorporação na esfera mexica. Era Tlaxcala, um grande reino composto por quatro subunidades separadas, porém fortemente aliadas no que se referia a suas relações com estranhos. Estava localizada no vale vizinho a leste da bacia central, ao pé de uma grande montanha vulcânica, Matlalcueyitl ("A contornada em verde-escuro"). Os tlaxcaltecas haviam chegado pouco antes dos mexicas, então também tinham toda a energia dos migrantes recém--chegados que ainda se lembravam muito claramente de suas origens. Por volta de 1510, os mexicas conseguiram conquistar um dos antigos aliados de Tlaxcala, a cidade de Huexotzinco. Eles forneceram armas e promessas de benefícios futuros ao povo de Huexotzinco em troca de se lançarem em guerra contra Tlaxcala. Não deu certo. Os tlaxcaltecas contavam a história com alegria: "Nós os perseguimos até suas casas e queimamos suas terras"[106]. Morrendo de fome, então, muitos dos huexotzincas tiveram de marchar até Tenochtitlán e implorar por abrigo. Eles tentaram lidar com a situação oferecendo uma de suas nobres ao rei Moctezuma como esposa. Mas ele os insultou tomando-a como concubina.

105. Cf. Códice Chimalpahin (2:50-51).

106. Cf. Juan Buenaventura Zapata y Mendoza (fólio 3).

O vale de Puebla-Tlaxcala é dominado por uma montanha vulcânica chamada Matlalcueyitl, atualmente conhecida como La Malinche.

Frustrados com a derrota dos huexotzincas, os mexicas – incluindo os guerreiros tenochca e tlatelolca – tiveram de prosseguir com a guerra e tentaram fazer um ataque furtivo na calada da noite. Mais uma vez, os tlaxcaltecas retomaram a história:

> Moctezuma ordenou que, em um único dia, eles nos cercassem e entrassem secretamente para nos derrotar. Ele disse que seria o carcereiro [dos tlaxcaltecas]. Quando a invasão aconteceu, ninguém estava ciente disso [no início]. As pessoas estavam jogando bola em Tozcoc diante dos governantes de Tlaxcalan. Todos estavam lá. No entanto, à noite, o mundo estava dizendo que nossos inimigos haviam chegado para serem destruídos [...]. Incontáveis foram os senhores que morreram.[107]

107. Cf. Juan Buenaventura Zapata y Mendoza (fólio 3v).

Marcadores de contagem astecas. Esses símbolos vêm de listas de impostos encontradas no Códice Mendoza; outros semelhantes são encontrados em outros lugares. Uma figura semelhante a uma bandeira (*pantli*) representava duas dezenas. Aqui, dez deles indicam que as pessoas deveriam dar 200 pacotes de cacau. Uma cabeça de cabelo (*tzontli*), muitas vezes ilustrada como uma pena, simbolizava 20 × 20, ou 400 unidades. Aqui, dois deles indicam que as pessoas devem entregar 800 búzios. Um saco ornamentado (*xiquipilli*) representava 400 × 20, ou 8 mil unidades. Aqui, três deles indicam que as pessoas deviam entregar um total de 24 mil molhos de penas coloridas. Desenhos de Gordon Whittaker.

Isso se revelaria decisivo em um futuro muito próximo, pois, quando os espanhóis desembarcaram na costa do México, cerca de três anos depois, os tlaxcaltecas deliberaram de forma calorosa, mas, por fim, se uniram a eles para derrotar os próprios mexicas. Porém tudo isso estava no futuro.

Enquanto isso, os mexicas lidavam com derrotas como essa exercendo poder onde podiam e espalhando histórias sobre sua ferocidade. Por exemplo, em histórias glíficas que contam a dedicação de seu templo principal a Huitzilopochtli em 1487, eles às vezes usavam números simbólicos para evocar uma sensação de incontável. Utilizavam um sistema de contabilidade baseado em vintenas; vinte conjuntos de vinte eram chamados (e retratados como) um *centzontli*, referindo-se a uma cabeça de cabelo e provocando a sensação de estar diante de algo "quase demais para contar". Vinte conjuntos de quatrocentos (ou 8 mil – em termos práticos, o maior número possível em seu mundo) foram chamados (e retratados como) *xiquipilli*, um enorme saco ou bolsa de bens preciosos. Assim, a fim de enfatizar a grandeza da cerimônia de dedicação, os mexicas disseram que dois ou três *xiquipilli* de cativos haviam sido exigidos de cada um dos quatro *altépetls* conquistados, produzindo um conjunto de mais de 80 mil pessoas que encontraram suas mortes na pedra de corte sagrada[108]. Esse número foi repetido pelos estudiosos como se fosse uma contagem literal. Mas era obviamente uma declaração metafórica. Números como "vinte vezes vinte" ou "vinte vezes quatrocentos" eram regularmente usados em sentido simbólico. Os astecas não tinham capacidade tecnológica de arrancar os corações de 80 mil pessoas em apenas alguns dias; nem um grupo desse tamanho, maior do que a população da cidade, teria permitido que eles prosseguissem. Os registros arqueológicos demonstram que números muito menores foram realmente sacrificados sob o domínio asteca (cf. cap. 5).

Na época em que os mexicas contavam essas histórias, seu talento dramático e os exageros poéticos muitas vezes os ajudavam a assustar os outros e, portanto, a manter seu poder. Mas, de todas as histórias que eles contaram, essa, sem dúvida, foi a que mais os feriu desde então. Foi tomada como verdade, e eles se tornaram conhecidos como os assassinos de dezenas de milhares. Os símbolos claramente pintados para fazer as vezes de números (que eram facilmente traduzidos, mesmo quando outros glifos se revelavam de difícil compreensão) e a natureza sensacionalista das afirmações se combinaram para garantir que, ainda que as narrativas históricas evocativas e vibrantes dos mexicas sobre casamentos políticos, homens e mulheres fossem em grande parte esquecidas, estas sobreviveriam. Todos os astecas eram especialistas em se valer de narrativas para ensinar a história, para transmitir a natureza das dificuldades e as situações históricas; mas, nesse caso, poderíamos dizer que sua abordagem saiu pela culatra.

---

108. Cf. Anais de Cuautilán (fólio 58). Cf. também Chimalpahin; Juan Buenaventura Zapata y Mendoza; e outros.

5

O DIVINO

> O *tlatoani* de Coyoacán, cujo nome era Tzotzomatzin, era um *tlamatini* [homem sábio], bem como um leitor das estrelas. Quando [o rei mexica] Ahuitzotl pediu que o [rio] Acuecuexatl fosse desviado para os mexicas, ele não quis dar seu consentimento. Quando Ahuitzotl ouviu a resposta de Tzotzomatzin, pensou que [o rei] não queria liberar a água. Então chamou [um conselheiro], o *tlatoani* de Huitzilopochco, cujo nome era Huitzilatzin. Assim que chegou à cidade, Ahuitzotl revelou-lhe seu desejo de levar o Rio Acuecuexatl para Tenochtitlán e contou-lhe também como Tzotzomatzin dizia que, se o Acuecuexatl fosse desviado para lá, isso causaria destruição. Supunha-se que se tratava de água enfeitiçada, pois havia sido encantada pelo grande *nahualli* [feiticeiro] Cuecuex, que costumava tomar banho lá.[109]

Qualquer pessoa imersa nas histórias astecas reconhece duas verdades sobre aqueles que narravam essas histórias: elas eram, a um só tempo, extremamente pragmáticas e altamente devotas. Isso parece ter sido verdade para a maioria das pessoas que viveu no passado, então talvez os astecas não fossem exceção. Seus contadores de histórias estavam cientes de uma certa tensão em relação a essa questão. Tzotzomatzin, cujo nome significava "Honrado trapo velho", tinha

109. Cf. Chimalpahin em Tena (1998, 2:137-139). Cf. também Códice Chimalpahin (1:53).

todas as qualidades de um amado e útil pedaço de pano. Respondeu da maneira correta para diferentes situações. Claro que ele não queria desviar a água das terras de seu povo para as dos mexicas. Quem iria querer uma coisa dessas?! Ao mesmo tempo, é provável que ele realmente tivesse grande respeito pelos poderes do velho feiticeiro Cuecuex, que estava entre os fundadores de sua comunidade e tinha uma relação especial com o rio. O narrador da história sugeria que ambos eram verdadeiros – que Tzotzomatzin era prático e devoto. No entanto, não há dúvida de que Tzotzomatzin usou a história de Cuecuex para tentar salvar a água de seu povo, e também não há dúvida de que o conselheiro de Ahuitzotl supôs que esta era a única verdade:

> Quando Huitzilatzin ouviu [as objeções de Tzotzomatzin], disse ao *tlatoani* Ahuitzotl: "Ó senhor rei, quem disse que o [rio] Acuecuexatl não poderia vir? Tzotzomatzin não está apenas fazendo troça de você? Talvez ele não queira dar-lhe essa água porque ela está em suas terras. Claro que a água pode vir para Tenochtitlán!" Então Ahuitzotl ficou com raiva e deu ordens para estrangular e matar Tzotzomatzin – que havia falado com prudência. Assim eles trouxeram [as águas] do Acuecuexatl para a cidade. Mas a água subiu com tanta força que inundou a cidade e as pessoas fugiram. E, quando a cidade inundou, Ahuitzotl ficou igualmente zangado com Huitzilatzin e deu ordens para estrangulá-lo e matá-lo também. Assim foi feito, pois ele havia falado falsamente. Foi assim que dois reis foram mortos por causa do Acuecuexatl.

A partir dessa história, pode-se concluir que os astecas eram eminentemente práticos, até mesmo cínicos, mais do que devotos. Tzotzomatzin estava deliberadamente se valendo da história de um feiticeiro para tentar salvar o suprimento de água de seu povo; Huitzilatzin estava disposto a descartar tais histórias de imediato, a fim de lisonjear e apoiar o rei supremo. Mas o narrador dá à

"Água trazida das nascentes de Coyoacán para Tenochtitlán." Um artista indígena criou esse desenho para a obra de Frei Diego Durán, *Historia de las Indias de Nueva España* [História das Índias da Nova Espanha].

divindade a última palavra. No fim, ambos os reis de menor poder que tinham tentado impor sua própria vontade morreram por causa do poder da água em que o espírito estava infundido.

Os astecas, ao realizarem suas atividades diárias, muitas vezes se viram presos a essa mesma questão, essa tensão entre seu desejo humano de tentar obter os próprios fins à medida que avançavam pela vida e sua crença igualmente humana de que não eram eles que estavam no controle. Acreditavam no poder do universo divino e, embora às vezes experimentassem temor e reverência, muitas vezes simplesmente se sentiam golpeados e vulneráveis. Os astecas não gostavam de tais sentimentos e, em suas canções, muitas vezes gritavam com raiva para os deuses: "Vocês se riem de nós! Vocês pensam que somos nada. Vocês nos matam, nos destroem"[110]. Eles não estavam dispostos a ceder completamente a tais emoções, a ceder sem lutar, por assim dizer. Pelo contrário, pareciam encarar como um desafio encontrar maneiras de mitigar sua vulnerabilidade, forjar alguma aparência de controle, embora de pequenas maneiras.

---

110. Cf. *Cantares mexicanos* (fólio 13).

Para fazer isso, os astecas contavam com vários tipos de especialistas em rituais, pessoas cujas vidas eram dedicadas a aprender a se comunicar com o divino. Muito tem sido escrito sobre esses assuntos por estudiosos que se baseiam em declarações que nos foram legadas por espanhóis ou extraídas de povos locais por espanhóis. Tais relatos são muitas vezes contraditórios. As coisas ficam mais claras quando ouvimos apenas o que os nahuas tinham a dizer quando falavam uns com os outros. Havia inúmeras palavras para pessoas espiritualmente poderosas, e as nuances já estão muitas vezes perdidas para nós. Mas certos padrões são distinguíveis nas fontes de náuatle. Parece que havia três tipos de especialistas, ou seja, pessoas que ganhavam a vida com a intervenção em relação ao divino. Havia o *ticitl*, o médico, que ajudava a curar doenças corporais. Havia o *tonalpouhqui*, o adivinho, convocado quando era necessário avaliar qual dia ou quais dias pareciam fortuitos quando um evento era planejado. E havia o *tlamacazqui*, o sacerdote, que servia nos templos das pirâmides, mantendo as fogueiras acesas e realizando outras cerimônias.

Cada um deles podia ser homem ou mulher, velho ou jovem, nobre ou plebeu, e cada um também pode ser um *nahualli*, ou feiticeiro, alguém tão sintonizado com o poder espiritual do universo a ponto de ler seus trabalhos e lançar feitiços, possivelmente até mesmo com a capacidade de assumir temporariamente outra forma. Também era possível ser um *nahualli* sem ser médico, adivinho ou sacerdote do templo. Um chefe às vezes podia ter o poder de um *nahualli*. Um agricultor comum que fosse especialmente devoto e sábio poderia se tornar um *nahualli*, assim como sua esposa. Era, em suma, uma característica pessoal, não uma descrição de trabalho.

O mesmo acontecia com a qualidade de um *tlamatini* (literalmente, "sabedor"). Os *tlamatini* têm sido frequentemente descritos na literatura acadêmica ocidental como "homens sábios" ou "homens santos", com muitas virtudes associadas. Os textos em língua náuatle, porém, usam a palavra para descrever qualquer um

O MITO DO *TLAMATINI*

A palavra *tlamatini* significa "conhecedor", e os astecas a aplicavam a vários tipos de pessoas. No entanto, na academia ocidental, o termo tem sido usado há muito tempo para se referir a filósofos disfarçados que produziam poesia e textos religiosos para fornecer orientação moral a seu povo. Nunca houve tais números – e, no entanto, não devemos nos apressar em julgar aqueles que promoveram a ideia. Tudo começou pouco tempo depois da conquista, quando o franciscano Bernardino de Sahagún passou décadas trabalhando no Códice Florentino. Ele estava bem ciente da arrogância e da hostilidade evidenciada por muitos espanhóis em relação aos povos indígenas, e sabia por experiência própria como tais pontos de vista eram equivocados. Bernardino de Sahagún fez do trabalho de sua vida registrar a cultura dos nahuas, produzindo modificações no percurso como bem entendesse. Ele expressou verdadeiro respeito pela complexa filosofia e pela profundidade de sentimentos encontradas em suas canções, histórias e orações, comparando seu trabalho ao dos antigos gregos.

Na década de 1950, um grande acadêmico mexicano, Miguel León-Portilla, também lutou contra os preconceitos de sua época. Ele tinha

dos especialistas: pode-se dizer que um médico, um adivinho ou um sacerdote do templo particularmente bom é um *tlamatini*. Alguém que não era nenhuma dessas coisas também poderia ser um *tlamatini*. Tzotzomatzin, o *tlatoani* de Coyoacán, foi descrito assim porque, em seus anos como chefe, ele lidou muito bem com uma infinidade de situações e era bom leitor das estrelas.

Não temos informações detalhadas, mas podemos colher algumas verdades importantes sobre cada um dos três papéis sociais que conhecemos. Vamos descrevê-los um por um. Primeiro, o *ticitl* (médico) mais típico era, em verdade, *uma médica* – uma mulher –, e a paciente mais típica era uma mulher dando à luz. Em tais contextos, os tradutores costumam usar a palavra "parteira", mas, nos textos reais, a palavra neutra em termos de gênero permanece a um respeito permanente pelo que os astecas haviam realizado e desejava trazer suas vozes "a uma distância passível de ser ouvida pelo resto do mundo"[111], provando que os astecas não tinham apenas pensamentos, mas filosofia. Ele também colocou o assunto em termos que julgava que seus leitores entenderiam. "Entre os nahuas, então, como entre os gregos, foram os poetas líricos que primeiro tomaram consciência e enunciaram os grandes problemas da existência humana."[112] Como o interesse do mundo em povos destituídos de poder cresceu nas décadas de 1960 e 1970, o trabalho de León-Portilla foi traduzido para muitas línguas. Ele fez o trabalho que pôde em nome da reputação dos astecas. Em seu livro e nas obras de outros que se seguiram, foi um pequeno passo para passar da discussão da filosofia para a discussão de filósofos; descrições elaboradas dos *tlamatinime* (plural de *tlamatini*) foram criadas por aqueles que não tinham acesso total às fontes do náuatle. Aqueles que transmitiram a noção de sábios astecas parecidos com Sócrates ou frades cristãos não poderiam ter tido melhores intenções, mas não estavam sendo fiéis às tradições nahua. Hoje, acadêmicos no México estão lançando novos estudos sobre os astecas, mais profundamente baseados na língua e na cultura indígenas, levando a conversa adiante de maneiras que, sem dúvida, deixariam Sahagún e León-Portilla orgulhosos.

mesma, *ticitl*: "A médica (*ticitl*) acendeu o fogo e aqueceu o *temazcalli* (o suadouro), com que massageou o abdome da mulher grávida; ela colocou [o feto] na posição correta. Ela continuou girando o feto enquanto a massageava, enquanto continuava a manipulá-la"[113].

As médicas estavam envolvidas em todas as crises de saúde, não apenas no parto. No Códice Florentino, os questionadores e os editores espanhóis tentaram estabelecer uma distinção entre o especialista que fazia o que os médicos europeus faziam ("um bom médico")

111. Cf. Prefácio de Jorge Klor de Alva (León-Portilla, 1970).

112. Cf. León-Portilla (1970, xxi).

113. Cf. Dibble; Anderson (1950-1982, 6:155).

– aliviando infecções, purgando os intestinos, fornecendo unguentos para hemorroidas, ajustando ossos, massageando músculos doloridos, fornecendo ervas para baixar a febre – e uma médica que era uma *nahualli* e usava de feitiçaria ou lançava pedras de adivinhação para determinar que tratamento oferecer ("um mau médico")[114]. No mundo asteca, no entanto, essas figuras sem dúvida teriam sido as mesmas. Uma pessoa competente nas artes médicas, confiável e experiente, poderia muito bem lançar pedras para se certificar antes de começar o trabalho de ajustar um osso, por exemplo.

Os únicos médicos que as fontes da língua náuatle nos permitem conhecer intimamente são as parteiras, que ajudavam as parturientes a suportar uma crise que era corporal e espiritual: em vez de simplesmente trazer a criança através do canal do parto, elas eram entendidas como ajudantes de uma mãe para que esta saísse pelo universo em uma busca espiritual e capturasse uma nova alma para este mundo. Elas sabiam mais do que os médicos europeus contemporâneos sobre o que chamaríamos de questões médicas relevantes, na medida em que valorizavam a limpeza e acreditavam na necessidade de encorajar a portadora da criança: "Minha filha, esforce-se! O que devemos fazer com você? Aqui estão aquelas que se tornaram suas mães. Esta é a sua tarefa. Agarre bem o pequeno escudo. Minha filha, minha moça, você é uma guerreira. Encare, isto é, faça força, imite a mulher guerreira [a deusa] Cihuacoatl Quilaztli!"[115] Mas uma boa parteira também acreditava em forças além de seu controle, no poder formidável do divino, e ela orava a muitos deuses ou deusas, começando com Quetzalcoatl e Quilaztli e às vezes terminando com Chalchiuhtlicue, a deusa da água, enquanto banhava a criança.

Como as médicas (e os médicos), os adivinhos desempenhavam um papel essencial na sociedade. Eles eram os guardiões e intérpretes dos livros pintados do calendário ritual, consistindo em vinte grupos de treze dias, ou duzentos e sessenta signos diários separados,

114. Cf. Dibble; Anderson (1950-1982, 10:30).

115. Cf. Dibble; Anderson (1950-1982, 6:160). Cf. também cap. 2.

Uma médica (*ticitl*) ajuda uma paciente a dar à luz (Códice Florentino).

cada qual com suas próprias características conhecidas. O trabalho mais importante dos adivinhos ocorria quando uma criança nascia, e eles eram chamados a interpretar o destino do bebê. Também eram chamados a oferecer prognósticos quando outros eventos importantes eram planejados, como um casamento ou o lançamento de uma expedição mercantil. Suas palavras traziam grande conforto. Quando uma expedição comercial estava em vias de ser lançada, por exemplo, os adivinhos ajudavam uma família de mercadores a escolher um dia adequado para seu filho e seus companheiros e escravos partirem com seus pacotes de mercadorias, para que pudessem se sentir confiantes em oferecer incentivo e esperança:

> Estas são as palavras de conselho com as quais eu o fortaleço, meu filho. Como sou sua mãe ou seu pai, então você tem a mim como sua protetora ou seu protetor, sua consoladora ou seu consolador. Você está sofrendo enquanto se levanta e deixa o altépetl, sua casa. Você está prestes a deixar seus parentes, está prestes a deixar seu lar, sua casa, o lugar de descanso de sua cabeça, seu berço de infância. Você já conhece [o dia] Uma Serpente [...]. Você sofre, meu filho, meu jovem. Empenhe todas as suas forças. Por onde você caminhará? Morrerá? Que as lágrimas e o amor de seus pais estejam com você como recompensa e retribuição, para cingi-lo e vesti-lo. Pois é assim que seus pais irão com você.[116]

116. Cf. Dibble; Anderson (1950-1982, 6:167-168). (Tradução corrigida no original.)

DANDO BOAS-VINDAS A UM BEBÊ

Toda vez que um bebê nascia no mundo nahua, era uma ocasião alegre. O Códice Florentino registra as orações oferecidas por uma parteira mexica no nascimento:

> Quando o bebê chegou à terra, a parteira gritou. Ela bradou gritos de guerra, o que significava que a mulher honrada havia lutado uma boa batalha, se tornado uma brava guerreira, tendo levado um cativo, capturado um bebê [do universo].

Então a parteira conversava com o bebê [...]. "Você sofreu exaustão, você sofreu fadiga [isto é, bem-vindo!], meu filho mais novo, meu filho precioso, colar precioso, pena de quetzal preciosa. Você chegou. Descanse, encontre repouso. Aqui estão reunidos seus amados avós, suas amadas avós, que estavam esperando por você. Você chegou aqui nas mãos deles. Não chore! Não fique triste! Por que você veio, por que você foi trazido aqui? É verdade que você suportará os sofrimentos dos trabalhos e da fadiga, pois nosso senhor ordenou, dispôs que haverá dor, aflição e miséria [em nossas vidas na terra]. Haverá trabalho, labor para o sustento da manhã e da noite. [Mas] há suor, há cansaço e faina onde há o que comer, o que beber e as roupas de usar [bonitas]. Bem-vindo!"

> E a parteira imediatamente cortava o cordão umbilical do bebê e o guardava. Ela removia o que é chamado de pós-parto em que o bebê veio envolto. Ela o enterrava em um canto da casa. Mas o cordão umbilical do bebê é guardado. Ele era seco e [o de um menino] deixado em um campo de batalha.[117]

A palavra mais usada para sacerdote, *tlamacazqui*, pode ser traduzida, literalmente, por "aquele que dá coisas" – significando, nesse caso, aquele que se dirige aos deuses. Os sacerdotes viviam nos templos das pirâmides aos quais eram dedicados. Eles inspecionavam antes do

117. Cf. Dibble; Anderson (1950-1982, 4:61).

amanhecer e levavam o que era preciso para os altares. Durante o dia, faziam qualquer trabalho necessário – carregar madeira, fazer taipa para uma construção, cultivar as plantações do templo ou cavar um canal. Todas as noites eles realizavam o rito sagrado do autossacrifício, sangrando-se com espinhos de agave:

> Quando ainda brilhava um pouco de luz, ou quando já estava escurecendo, era a hora de cortar os espinhos de agave. Quando estava bem escuro, quando já era noite alta, então os sacerdotes começavam o que era chamado de colocação do espinho de agave. Eles saíram um por vez. Primeiro, cada um se banhava. Depois, pegavam suas trombetas de concha, conchas para incenso, sacos cheios de incenso, e pegavam tochas de pinheiro. Em seguida, cada qual partia para colocar os espinhos do agave. Eles iam nus. Aqueles que cumpriam uma grande penitência podiam caminhar até duas léguas para colocar o espinho de agave – talvez adentrando a floresta, as planícies secas ou as águas. Um mais novo talvez caminhasse meia légua para colocar os espinhos. Cada qual levava sua trombeta de concha e a tocava. Onde quer que ele estivesse, ele seguia tocando uma trombeta.[118]

Após a conquista, quando os espanhóis pediram aos povos indígenas que descrevessem os sacerdotes como um grupo, eles falaram deles com reverência. No entanto, quando falavam sem maior autocensura, em momentos de espontaneidade, lembravam-se deles como pessoas de quem nem sempre gostavam. Os sacerdotes eram os professores da *calmecac*, a escola para futuros sacerdotes, e muitos dos jovens de famílias nobres que mais tarde trabalhariam com os frades espanhóis eram parentes de homens mais velhos que haviam frequentado a escola. Eles se recordavam, por exemplo, que um menino indisciplinado podia ser punido em determinado dia de festa sendo

118. Cf. Dibble; Anderson (1950-1982, 3:63-64).

O Códice Bórgia serviu como um guia para os sacerdotes. Aqui, vemos uma imagem clássica do centro do México de um palácio ou templo.

submerso na água de forma absolutamente violenta. Às vezes as coisas iam longe demais e a criança de fato morria. Se uma família temesse que isso pudesse acontecer com seu filho, poderia tentar subornar os professores sacerdotais com presentes de perus selvagens e outras iguarias, que muitas vezes tinham o poder de amenizar o castigo[119].

119. Cf. Dibble; Anderson (1950-1982, 7:17-18).

Nessa ilustração, também do Códice Bórgia, encontramos um mapa de uma cerimônia complexa com facas de sílex.

NEGOCIANDO COM A DIVINDADE

O que é impressionante sobre as histórias envolvendo todos esses especialistas em rituais é a frequência com que reis e outros líderes entravam em disputas com eles. Discutiam com eles sobre suas conclusões, e, se tivessem sido convencidos, às vezes procuravam negociar com eles sobre qual curso deveria ser tomado. Esses líderes podem ter sido fatalistas em um nível, mas em outro eram tudo menos isso. Um senhor podia se estabelecer em certo *altépetl*, aprendendo a "cuidar de suas tradições", porque eles estavam dispostos a nomeá-lo um sacerdote portador de deus; outro *tlatoani* podia deixar sua comunidade por causa de uma enorme briga que teve com os sacerdotes dentro de seu próprio *calpolli*, na qual ele acabou matando alguns deles[120].

Tais histórias podiam ser tão poéticas e sugestivas quanto as que versassem sobre qualquer outro tema. Nosso velho amigo, o Rei Coxcox de Culhuacán, tinha um neto, lembremos, que veio visitá-lo quando cresceu. Ele o cumprimentou alegremente: "Bem-vindo, meu filho. É verdade que perdi uma filha [anos atrás], de quem você nasceu. Sente-se, pois você é meu neto. Tal como me encontro, estou velho e devo morrer. Aqui em Culhuacán, é você quem será o governante [algum dia]". A resposta do menino não foi como o velho teria desejado:

> Aquele Iztactototl ["Peru branco"], pelo jeito de falar, era um pouco como um leitor das estrelas. Depois de ouvir as palavras [do avô], não disse nada. Por fim, o governante Coxcox entrou. Então, de dentro da casa, enviou um mensageiro para informar que ele não voltaria, e também foi informado que ele definitivamente se tornaria governante, sucedendo seu avô. Quando Iztactototl ouviu essas palavras, riu-se e disse: "De quem eu seria o governante? Pois o *altépetl* de Culhuacán não deve durar. Ele vai desmoronar e se dispersar. Mas eu digo: entregue esta mensagem ao rei, meu avô. Provavelmente não acontecerá em sua vida, e quando acontecer, alguns poderiam ir para nossa casa [em Cuautilán] e se tornar nossos seguidores lá"[121].

Coxcox não se intimidou com os murmúrios oraculares de seu neto divinamente inspirado. Ele exigiu provas com raiva: "Aquele garotinho, aquela criança, o que ele está dizendo?! Pergunte a ele

---

120. Cf. Chimalpahin em Tena (1998, 1:355 e 2:137).

121. Cf. Anais de Cuauhtitlán (fólio 23).

o que destruiria nosso *altépetl* e quem o destruiria? Esta é uma morte que não é daqui [deste mundo]? Como isso se levantaria contra nós? Varíola, diarreia, tosse, febre, tuberculose existem, e sabemos que o sol pode ser comido [em um eclipse] e a terra pode tremer, e podemos ter de sacrificar pessoas. Mas como nosso *altépetl* pode desmoronar e se dispersar?!" O menino explicou que viu um momento chegando em breve, quando muitos pequenos problemas assolariam o *altépetl*, e as pessoas teriam que se dispersar para seguir seu próprio caminho, mas seu avô estava longe de estar convencido.

Às vezes discussões entre um chefe e um sacerdote podiam se tornar bastante assustadoras. Um narrador relatou uma conversa entre o Sumo Rei Moctezuma e um dos "senhores da caveira", os sacerdotes que cuidavam do *tzompantli*, a estante sobre a qual os crânios das vítimas de sacrifício eram dispostos. Moctezuma ficou tão furioso com uma das previsões do sacerdote que mandou matar o homem:

> A razão pela qual o senhor da estante de caveiras encontrou a morte é que ele respondeu a Moctezuma – que lhe perguntou como as coisas deveriam ser feitas – dizendo: "A meu ver, a casa [templo] de Huitzilopochtli deve ser de ouro, e o interior deve ser de jade, com penas de quetzal. Na verdade, ela exigiria tributo de todos os lugares, para que este pudesse ser usado para o nosso deus. O que você acha?" Com isso, o senhor da estante de crânios lhe respondeu, dizendo: "Ó senhor, ó governante, não! Entenda que, ao fazer isso, você convidaria à destruição de seu *altépetl* e ofenderia os céus. Pois estamos sendo observados aqui. Você deve entender – que ele [Huitzilopochtli] não será nosso deus [no futuro]. Existe o criador e dono de todas as coisas. Ele vem". Ouvindo isso, Moctezuma ficou furioso. Ele disse ao senhor da caveira: "Vá e aguarde minha palavra". Assim morreu o senhor da estante das caveiras e todos os filhos dele[122].

122. Cf. Anais de Cuautilán (fólios 61-62).

Mesmo assim, embora o rei tivesse a última palavra na história, mais uma vez o narrador estava sutilmente lembrando seu público de que era o homem que podia falar com a divindade e entender suas mensagens que acabou por estar certo em longo prazo. No momento em que o orador contou essa história, uma geração após a conquista, Huitzilopochtli não era mais o deus do povo – pelo menos não o principal.

No entanto, se os bardos sentiam que precisavam lembrar seus ouvintes de que não era sensato ignorar os sinais e as indicações fornecidos pelo divino, talvez fosse porque muitas pessoas dedicavam muito tempo e energia para encontrar soluções alternativas. De fato, no caso dos adivinhos (*tonalpouhque*), ajudar as pessoas a fazer exatamente isso era, às vezes, seu principal dever. Uma criança devia ser cerimoniosamente banhada no dia em que viesse ao mundo, ou então dali a quatro dias, e em seguida receber esse dia como o dia de seu nome. Mas se uma criança nascesse em um dia pouco auspicioso, e quatro dias depois a situação fosse a mesma, se não pior, o adivinho podia ajudar a família a encontrar um meio de cerimonialmente dar boas-vindas à criança em algum outro dia que lhe trouxesse melhor fortuna. "Eles o chamaram no instante em que o bebê chegou, no instante em que nasceu. Ele abriu e olhou o vermelho e o preto [os escritos]. Ele perguntou se foi durante a noite que nasceu, se chegou, talvez, à divisão da noite [meia-noite], ou talvez quando a divisão da noite havia passado." Despistar se uma criança havia nascido antes ou depois da meia-noite (ou experimentar uma incerteza genuína sobre esse assunto) muitas vezes dava às pessoas melhores opções. Mas às vezes as notícias se conservavam terríveis. "Então o adivinho escolheu um bom dia, não apenas o quarto dia depois, para que a criança fosse banhada. Ele pulou mais, buscando um bom dia para ser governado, um bom dia de seus companheiros próximos." Ao fazer esse ajuste, o especialista foi recompensado de maneira abundante. "Não lhe deram apenas um pouco. Ele foi embora com perus e muita comida"[123].

123. Cf. Dibble; Anderson (1950-1982, 6:197-198).

É fácil identificar a tentação de tentar alterar o destino de um bebê. Às vezes, os sinais eram tão ruins que se tinha muito pouco a perder. Se uma garota nascesse no dia Um Casa, por exemplo, sua vida poderia estar em jogo. Não apenas porque certamente se provaria desqualificada nas tarefas destinadas às mulheres – embora se temesse que assim ocorresse –, mas pior do que isso: ela poderia ser vendida como escrava e enfrentar a pedra de corte. Era impensável aceitar essa possibilidade sem pelo menos tentar ajudar. E quatro dias depois era Quatro Morte, o que não representava de modo algum uma melhora. "A fim de melhorar um pouco o dia dela, eles a banharam em Três Serpente, pela razão dada de que todos os dias chegavam ao número de três [que eles eram de boa sorte]. Puxando um dia, eles conseguiram." Se a família assumisse riscos reais, estes poderiam levar as coisas ainda mais longe. "E se talvez desejassem, poderiam banhá-la mais tarde, em Sete Água, por causa da afinidade de cada sinal do dia com o número sete"[124]. O quarto dos doze livros do Códice Florentino era essencialmente um guia diário do calendário, conforme explicado por um *tonalpouhqui* experiente. Nele, explica-se exaustivamente quais ajustes precisavam ser feitos em certos casos.

O mesmo princípio parece ter sido aplicado igualmente a outros tipos de presságios. Por um lado, as pessoas se sentiam cercadas por sinais do universo divino, sinais nos quais acreditavam fervorosamente que precisavam prestar atenção. Essas crenças eram duradouras. No fim do século XVI, quando as pessoas eram teoricamente cristãs, alguém no vale de Puebla-Tlaxcala, a leste da Cidade do México, lembrou que, no ano de 1546, uma parede de nuvens semelhantes a cobras parecia correr repetidamente pelo céu, pouco antes de uma terrível epidemia eclodir. A implicação era que tinha sido um presságio. As palavras exatas incorporavam o nome do deus Mixcoatl ("Cobra das nuvens"). A tradução literal do texto seria: "Foi quando Mixcoatl passou [repetidamente], pendurado no céu"[125].

124. Cf. Dibble; Anderson (1950-1982, 4:95-96).

125. Cf. Townsend (2010, p. 73) (*yn icuac motlatlato mixcoatl ytech ylhuicatl*).

No entanto, dentro desse contexto, é notável que as explicações dos astecas acerca dos velhos presságios incluíssem regularmente comentários a respeito de como o universo estava de fato oferecendo um aviso sobre um destino que ainda poderia ser evitado se alguém prestasse atenção e agisse conforme o necessário. Configurava um presságio de desastre se, por exemplo, um gambá entrasse em um complexo doméstico, especialmente se soltasse seu odor desagradável; era, portanto, da maior importância que ninguém cuspisse nele ou o perseguisse ou fizesse qualquer coisa que pudesse provocá-lo. As crianças eram avisadas sobre isso para que não se cometesse qualquer erro. Se um grupo de viajantes ouvisse uma coruja de cabeça branca emitir seu grito sobrenatural, presságio de morte, eles se reuniam ao pé de uma árvore alta e amarravam todos os seus cajados, "o que representava o deus Yiacateuctli [senhor da liderança]". Então, "diante dele, fizeram penitência, sangraram a si mesmos, cortaram as orelhas e limparam as palhas". Tendo feito isso juntos, dominavam parte de seu medo e, portanto, muitas vezes descobriam que não havia qualquer problema. Em certas noites, sabia-se que forças malévolas caminhavam pela terra, por exemplo, os *cihuapipiltin*, os espíritos furiosos e tristes de mulheres que morreram no parto. Era melhor ficar dentro de casa nesses momentos. Se uma mulher grávida tivesse de sair nessa hora ou em outras noites perigosas, ela poderia reduzir o risco carregando um pequeno saco de cinzas no peito. Se alguém estivesse sendo perseguido por um *nahualli*, ou feiticeiro, e temia que ele pudesse entrar na casa com algum disfarce mágico, a resposta era colocar uma faca de obsidiana brilhante em uma tigela com água. Como Quetzalcoatl na velha história (cf. cap. 2), quando ele olhava para o espelho cintilante, via seu verdadeiro reflexo, incluindo o reflexo de sua própria intenção maligna, e sentia emoções poderosas e nunca mais tentava prejudicar os perseguidos[126].

---

126. Cf. Dibble; Anderson (1950-1982, 4:41, 81, 155, 171, 192 e 195).

CERIMÔNIAS DE SACRIFÍCIO

Um elemento central em qualquer consideração das tentativas do povo asteca de se comunicar com a divindade está em seu relacionamento com as cerimônias de sacrifício humano. Em sua formulação original, a ideia de desistir de uma vida humana em gratidão aos deuses estava bem dentro da faixa típica das crenças espirituais humanas, como vimos no capítulo 2. Algo significativo, porém, mudou ao longo das últimas décadas do século XV. Até então, a elite política mexica – as famílias extensas que constituíam a classe governante – governava um vasto território contendo uma ampla gama de povos que eram forçados a pagar tributos substanciais. Embora muitas famílias importantes nessas aldeias distantes estivessem intimamente aliadas a eles, várias outras guardavam suas diferenças. Os mexicas e seus aliados mais próximos não tinham armas especiais que ninguém mais pudesse acessar, então encontravam-se, de fato, em situação vulnerável. Eles lidavam com isso transformando o sacrifício humano em uma ferramenta política horrenda – e eficaz. Eram bastante diretos em relação a isso, explicando que, quando tinham a intenção de dominar um novo território e uma guerra por seu controle havia começado, sequestravam homens jovens daquela região, levando-os à cidade na condição de "convidados de Moctezuma" para assistir à pior das cerimônias, após a qual eram liberados para retornar para casa. Os mexicas tinham confiança de que eles contariam às pessoas que não valia o risco buscar alianças com vizinhos e tentar evitar uma tomada de poder, pois, se perdessem, o resultado seria indescritivelmente horrível. "Dessa forma, eles eram desestimulados e desarticulados", acrescentou bruscamente o comentador mexica[127].

---

127. Cf. Dibble; Anderson (1950-1982, 2:53).

Os visitantes falam com o alto rei mexica sobre uma possível guerra.
De Diego Durán, *Historia de las Indias de Nueva España*.

As cerimônias se tornaram de fato aterrorizantes. Os mexicas as celebravam de acordo com o mesmo calendário cerimonial compartilhado com todos os outros nahuas de sua região, mas agora tinham o poder e a capacidade de matar muitos prisioneiros, em números com os quais não poderiam ter sonhado até bem pouco tempo antes, quando eles próprios eram andarilhos vulneráveis. O calendário solar consistia em dezoito meses de vinte dias cada, seguidos de cinco dias de incerteza, durante os quais o mundo esperava que o ano começasse de novo. Em cada um desses meses, ao menos uma pessoa era morta em um festival religioso, e muitas vezes outras mais. Os dois primeiros meses do ano eram os mais terríveis de todos. No primeiro, Quauitl Eua ("A chuva parte"), no início da estação seca, uma dívida gigantesca era paga ao universo com o sacrifício de crianças pequenas. Em procissões, elas vinham chorando, e hoje seus ossos mostram que estavam desnutridas. (Elas vinham de regiões empobrecidas e devastadas pela guerra? Ou haviam sido mantidas prisioneiras?) No segundo mês, Tlacaxipeualiztli ("Esfolamento de homens"), dezenas de guerreiros cativos eram mortos em um horrível espetáculo de gladiadores que havia sido planejado na época de Moctezuma I, no período da grande expansão dos mexicas na década de 1460[128]. A grande pirâmide ficava coberta de sangue. Em certas cerimônias, era uma mulher ou algumas mulheres que tinham de morrer.

Às vezes, essas meninas e mulheres jovens, tão longe de casa, mantinham uma postura estoica, como seus irmãos guerreiros. Mas nem sempre. "Algumas, na verdade, choravam", lembrou um homem anos depois[129]. Às vezes, elas morriam na ignorância do que estava para acontecer. No 11º mês, Ochpaniztli ("Varrendo a estrada"), mulheres curandeiras – novamente, a palavra *ticitl* – rodeavam uma prisioneira de guerra desavisada que havia sido mantida para tal propósito, e a vestiam como a deusa Toci ("Nossa avó"). Para esse ritual, era importante que a vítima não soluçasse ou se lamentasse, então os celebrantes a enganavam:

> Diziam a ela: "Minha filha, agora finalmente o rei, Moctezuma, vai dormir com você. Fique feliz". Eles não a deixavam saber que ia morrer, pois, na verdade, ela morreria sem saber. Eles a adornavam e a vestiam completamente. Quando chegava o meio da noite, eles a levavam [para o templo] [...]. Então ninguém emitia um som, ninguém conversava, ninguém tossia. Era como se a terra estivesse morta, tarde da noite. E todos se reuniam na escuridão. E, quando chegavam ao lugar onde ela deveria morrer, eles a agarravam. Uma a segurava pelas costas e, de repente, cortavam-lhe a cabeça[130].

---

128. Cf. Durán (1867, 1:174). A temporalidade faz sentido; não poderia ter ocorrido antes.

129. Cf. Dibble; Anderson (1950-1982, 2:129).

130. Cf. Dibble; Anderson (1950-1982, 2:111).

O JOGO DE BOLA

Por toda a Mesoamérica, as pessoas faziam bolas com a seiva da seringueira. Os astecas chamavam a borracha de *olin* a partir do verbo *olini* ("mover"). Eles amavam a natureza das bolinhas pretas que subiam e saltitavam e quase pareciam conservar o movimento dentro de si, uma vez que este era desencadeado ao menor toque. As regras do jogo variavam regionalmente. Entre os astecas, uma vista aérea do campo de pedra geralmente parecia um "i" maiúsculo (I) tradicional, mas, dentro da quadra principal, o que importava para os jogadores não eram os bolsos no fim, mas as paredes inclinadas nas longas laterais que ladeavam o campo, lisas e caiadas de branco, no topo de cada uma das quais havia um aro de pedra. Equipes de dois (ou às vezes três) homens tinham de manter a bola em jogo sem usar as mãos. Eles usavam a parte superior dos braços, as coxas, as cinturas e até as nádegas, e, se conseguissem passar a bola pelo aro, pontuavam. O jogo tinha simbolismo sagrado, mas diferentes pessoas descreveram seu significado de maneiras distintas. Muitos concordavam que ele estava ligado ao movimento das esferas celestes nos céus, mas também havia uma associação generalizada entre a bola e o poder do crânio humano. (Na verdade, essa conexão existia além do México, entre os povos indígenas bem ao norte[131].) Os jogos começavam com orações por parte dos sacerdotes. Aparentemente, houve ocasiões em que os perdedores – ou outras vítimas escolhidas – foram sacrificados aos deuses, mas, pelo que podemos deduzir, isso era relativamente raro. Duas gerações após a conquista, o escritor indígena Chimalpahin expressou sua frustração por não ter conseguido verificar quando (ou se) isso realmente aconteceu[132].

As descrições das cerimônias encontradas no Códice Florentino são dolorosamente difíceis de ler. Elas foram incitadas por frades espanhóis com a intenção de demonstrar os males do regime anterior e são eficazes. Mas, com um olhar sob perspectiva, percebemos

131. Cf. a história lenape "Ball Player" (Townsend; Kay Michael, 2023).

132. Cf. Chimalpahin em Tena (1998).

Referências indeterminadas ao jogo em vários anais indicam que era principalmente uma forma de entretenimento, amada por nobres e plebeus. O que estava em jogo na maior parte do tempo não era a vida de ninguém, mas as amplas apostas que implicavam capas, ouro e outros bens. Uma grande quantidade de riqueza poderia mudar de mãos em um dia, já que eles jogavam sucessivas rodadas, com diferentes jogadores e equipes circulando. Dizia-se que Moctezuma adorava o jogo e levou alegremente os espanhóis para assistir a uma partida[133].

O artista alemão Christoph Weiditz traçou esboço de astecas em visita ao continente europeu que demonstraram o jogo de bola na corte real espanhola em 1529.

que há muita coisa que elas não nos dizem. Não nos é dito quantos morriam ou quantos testemunhavam as mortes; nem nos é dito muita coisa sobre o que as pessoas envolvidas nas cerimônias e que não eram especialistas pensavam ou sentiam sobre o que testemunhavam. É certo que líderes políticos e militares contavam com as

133. Chimalpahin também fala sobre isso. Cf. Schroeder *et al.* (2010, p. 192).

Pintura da *Historia Tolteca-Chichimeca* celebrando a memória de um jogo de bola ritual jogado pelos chichimecas em preparação para sua guerra em Cholula. Na parte inferior, vemos uma vista aérea do campo. Acima, encontramos uma *chinampa* cheia não da lavoura, mas de fogo e água, que juntos simbolizam a batalha.

cerimônias de sacrifício; sacerdotes investidos profissionalmente desenvolveram uma espécie de culto a seu redor. Mas como elas afetavam a maioria das pessoas?

Para a primeira pergunta – sobre quantas pessoas provavelmente foram mortas pela hierarquia sacerdotal patrocinada pelo Estado dos mexicas durante o fim da era imperial –, podemos recorrer à arqueologia em busca de ajuda. Na década de 1970, o México lançou uma extraordinária investigação arqueológica dedicada à escavação e ao estudo do grande templo asteca (Templo Mayor) ao largo da praça principal da Cidade do México, perto da atual catedral. Ao longo das primeiras quatro décadas, eles encontraram um total de cerca de quatrocentos e cinquenta crânios em todo o complexo. Esse número parecia surpreendentemente pequeno, considerando as declarações feitas pelos espanhóis, bem como as incitadas por eles. Ninguém havia encontrado nada parecido com o *huey tzompantli*, a "grande estante de crânios", uma horrenda torre da morte mencionada em várias fontes. Então, em 2015, ela finalmente veio à tona. A estrutura provou conter pelo menos mais seiscentos e cinquenta crânios. Ainda que suponhamos que os crânios em direção ao topo foram destruídos pelos espanhóis quando derrubaram a estrutura, e que outros simplesmente desmoronaram antes que a torre fosse enterrada, não podemos imaginar um total de mais de mil na edificação[134]. Supõe-se que houve uma segunda torre, então digamos que estamos agora olhando para 2 mil crânios. Quando consideramos que esse foi o resultado de décadas de cerimônias de sacrifício, parece não haver outra alternativa a não ser reduzir, de maneira considerável, nossas estimativas sobre quantas pessoas foram verdadeiramente mortas a cada ano. E, de fato, um número muito menor se encaixa no senso comum: os mexicas não tinham capacidade tecnológica para matar dezenas de milhares de pessoas e descartá-las em pouco tempo. Em um conjunto de anais históricos, aparece um

134. Cf. López Luján; Barrera Rodríguez; Chávez Balderas (2022).

detalhe decerto bastante esclarecedor. No agrupamento de cinquenta e dois anos que ocorreu em 1507, os dois reis mais poderosos – Moctezuma de Tenochtitlán e Nezahualpilli de Texcoco – comprometeram-se a entregar cada qual impressionantes vinte vítimas para o sacrifício[135]. É terrível pensar nessas quarenta pessoas indo para a morte, mas é muito diferente de imaginar que foram quatrocentas, ou 4 mil, ou até mesmo 40 mil. Parece que nos deixamos dominar por nossa imaginação – ou pela imaginação dos conquistadores espanhóis.

O que as pessoas comuns na cidade pensavam acerca do tema é uma questão muito mais difícil de abordar: nenhuma nova descoberta arqueológica emocionante será capaz de nos ajudar aqui. Existem camadas contextuais que devemos levar em consideração antes de tentar abordá-las. Primeiro, há ampla evidência de que os astecas em geral e os mexicas especificamente lamentavam a morte e amavam a vida. Suas canções lamentam a inevitabilidade da morte, a tragédia de que o tempo de cada pessoa na terra é, na verdade, "emprestado", para usar sua palavra. Suas admoestações aos filhos versavam a respeito de lutar pela vida, tanto a deles quanto a de seu povo. Suas histórias demonstram desconforto com o sacrifício em particular. Alguns dos personagens que enfrentam o fogo ou a pedra cortante se enfurecem, e outros choram. Vimos uma vítima jurar que os descendentes de seu povo a vingarão, e os pais juram que libertarão suas filhas levadas para sacrifício. Significativamente, às vezes até mesmo aqueles que cometem o sacrifício vivem para se arrepender. Em um conto antigo, cativos foram levados, e algumas mulheres lhes disseram: "Vamos para Tollan agora. Você virá conosco e, quando chegarmos lá, usaremos você para fazer uma celebração"[136]. Somente quando era tarde demais as mulheres descobriram que as figuras amarradas e fantasiadas eram seus próprios maridos!

---

135. Cf. Chimalpahin em Tena (1998, 2:143).

136. Cf. Anais de Cuautilán (fólio 9).

A estante de crânios (*tzompantli*) no Templo Mayor em Tenochtitlán.

Em segundo lugar, os indígenas que os espanhóis consultaram ofereceram grande quantidade de informações não solicitadas sobre o que se lembravam dos feriados religiosos de seus dias de juventude, e muitas vezes não era o sacrifício humano. Esses outros elementos frequentemente não eram os que interessavam aos frades, mas sim o que surgia em fragmentos, apesar de serem questionados sobre outras coisas. Parece que os jovens astecas eram muito parecidos com outros jovens em todo o mundo: lembravam-se da alegria e da emoção de dias sagrados especiais. Eles falavam das guirlandas de flores e dos tamales e de outras comidas deliciosas que as mulheres preparavam. Em certos dias, os parentes cumprimentavam as crianças da família estendida, pegando-as brevemente pela cabeça, dizendo que precisavam deixar seus corpos espicharem para que crescessem! Todos riam com a lembrança de "sacos de fundição" no 17º mês: todos faziam pequenos sacos de tecido de fibras vegetais secas e os enchiam com pequenas flores, pedaços de papel ou folhas prensadas em bolas. (Os garotinhos travessos tinham de ser vigiados para que não enchessem seus sacos com pedrinhas.) Depois era hora de esperar por transeuntes incautos e jogar os sacos em qualquer um que aparecesse. Os meninos procuravam garotas bonitas. Na maioria dos feriados havia fogueiras, com trombetas emitindo seus chamados assombrosos. As pessoas dançavam, às vezes por horas. Frequentemente, elas usavam trajes exóticos ou decorações extraordinárias. Algumas carregavam até aves voadoras amarradas a varas. Havia pessoas que podiam causar assombro em todos os demais comendo cobras ou sapos vivos[137].

Nada disso parece uma descrição de pessoas que em breve assistirão ao assassinato ritual de outro ser humano (ou de vários seres humanos). E, no entanto, era isso o que acontecia, pelo menos para algumas das pessoas em algum momento. As descrições das cerimônias deixam claro que sempre havia espectadores: em alguns meses, em grande número; em outros, em pequeno número. Os espectadores não estavam gritando e se agitando como se estivessem em uma imensa orgia, como os filmes modernos querem nos fazer acreditar: estavam sisudos, até sombrios, às vezes carregando flores, às vezes dançando majestosamente. Os guerreiros que levavam os prisioneiros que iriam morrer tinham um relacionamento especial com eles. Em algumas cerimônias, falavam com eles de antemão; sempre mantinham os restos mortais deles consigo em suas casas, em um baú de junco especial, até que eles mesmos morressem. Ainda assim, não importa o quão respeitosos – até mesmo gratos – os celebrantes parecessem ter sido, o fato é que assistir a tais assassinatos teria afetado as pessoas se os vissem mês após mês. Todos os humanos tornam-se insensíveis à violência e até mesmo à extinção da vida se forem expostos a ela com frequência suficiente. Contudo as fontes da língua náuatle não nos colocam cara a cara com pessoas cruéis ou insensíveis.

137. Cf. Dibble; Anderson (1950-1982, 2:145, 153, 156, 188-189 e 192).

Talvez a maioria das pessoas não fosse chamada para ir com frequência. Não nos é dado saber. Nem podemos saber com certeza o que pode ter sido entendido por alusões ao sangue das vítimas sendo "comido" nas casas dos guerreiros que as haviam feito prisioneiras. Talvez devêssemos levar a sério a declaração de um homem que descreveu o que aconteceu de forma muito explícita, referindo-se ao período imediatamente anterior à conquista: "Quando eles abriam o peito do escravo ou cativo, então [o portador da vítima] colocava seu sangue em um vaso e depois jogava um papel no recipiente, que absorvia o sangue. Em seguida, ele o levava no vaso e colocava nos lábios de todos os demônios [imagens dos deuses] o sangue da pessoa que morreu pelos deuses"[138]. Em suma, na memória desse homem, eles levavam o sangue aos lábios das estátuas. Em outra ocasião, quando falavam em comer o deus Huitzilopochtli, descobriu-se que queriam dizer que cortavam e comiam um pão ou bolo gigante feito de farinha de amaranto e decorado para se parecer com o deus, em vez de um ser humano vestido como ele[139].

Em meados do século XVI, a impressão geral dada pela maioria das pessoas que ainda se lembrava das cerimônias parecia ter sido de uma dolorosa tristeza; em suas palavras, não demonstravam vergonha, frieza pedregosa, alegria hedionda. Textos que mencionam cerimônias religiosas falam da música triste e poderosa dos búzios chamando as pessoas. Outras fontes mencionam invocar o vento em cerimônias religiosas, e instrumentos de cerâmica foram encontrados, os quais, quando tocados por músicos habilidosos, de fato recriam o vento e as tempestades. Esses pequenos artefatos foram chamados nos tempos modernos de "apitos da morte", e algumas pessoas adoram afirmar que eles devem ter sido usados para criar um ruído estridente como o de alguém que estivesse prestes a morrer, em um esforço para aprofundar ainda mais o terror. Mas ninguém, espanhol ou nahua, escreveu algo assim no século XVI.

138. Cf. Dibble; Anderson (1950-1982, 2:185).

139. Cf. Dibble; Anderson (1950-1982, 3:6).

BÚZIOS

Arqueólogos encontraram – no que já foi Tenochtitlán – conchas de muitos tipos, tanto oriundas do Atlântico quanto do Pacífico. Elas eram trazidas como parte dos pagamentos de tributos e nos pacotes de comerciantes que percorriam grandes distâncias. Conchas simbolizavam a água e a vida, manifestações claras do divino. Elas se transformavam em belas joias e também podiam ser usadas para decorar outros objetos. Os mexicas pareciam ter verdadeira predileção pelos búzios, acima de tudo. Entalhes de conchas estão ao longo da pirâmide de Tlaloc no grande templo, e uma seção transversal da concha está associada a Quetzalcoatl. A reverência especial do povo por essa concha em particular pode ter se dado em razão de, além de seu apelo visual, elas também produzirem música bela e assombrosa, usada para chamar as pessoas para reuniões. Um búzio que podia fazer isso era chamado de *quiquiztli*, uma concha trombeta. Mais tarde, quando os espanhóis chegaram com seus canhões e mosquetes, o povo lutou para encontrar um nome para um objeto que produzisse um tal espetáculo de som e luz. Eles inventaram o *tlequiquiztli*, "búzio de fogo".

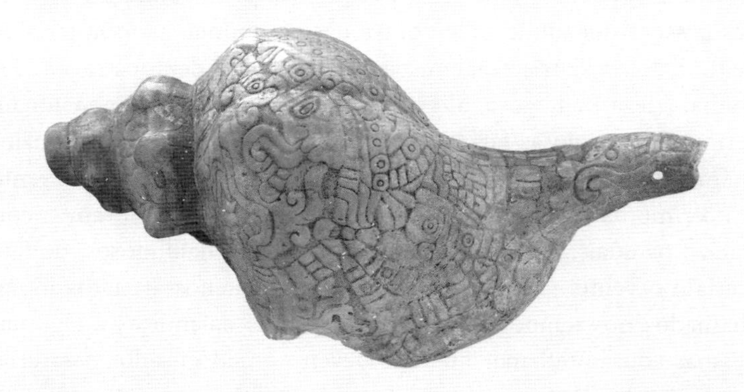

Esse trompete de concha tem um desenho cuidadosamente gravado que mostra um cantor dançando com pergaminhos de discurso saindo de sua boca. O trabalho provavelmente foi feito nas terras altas do sul ou do centro do México por um artista maia ou mixteca.

Ainda assim, devemos retornar à pergunta final. Nunca poderemos saber quantos mexicas foram assistir às cerimônias, ou com que frequência, ou em que exatamente estavam pensando e o que sentiam, mas sabemos que suas vidas cerimoniais giravam em torno do conhecimento de que o sacrifício humano estava ocorrendo em uma escala maior do que nunca, e que cada um deles tinha pelo menos um entendimento particular a respeito disso. Sabemos também que muitas pessoas estavam cientes da precariedade do domínio político de Tenochtitlán na região e da necessidade resultante de assustar os outros até a submissão, para que eles mesmos não fossem capturados e mortos. E sabemos que, ao mesmo tempo, eles acreditavam profundamente na necessidade de expressar sua gratidão ao universo divino por suas muitas dádivas à humanidade mediante o sacrifício final – da própria vida. As pessoas parecem ter permitido que sua visão de mundo e seus desejos e medos em relação ao próprio futuro se construíssem e se apoiassem mutuamente – e sufocassem questões inconvenientes que suas mentes inconscientemente poderiam ter levantado. Se isso estiver correto, os astecas não foram as primeiras pessoas – e estavam longe de serem as últimas – a fazer tal coisa. Muitos de nós não acreditamos no que é mais conveniente para acreditar na maior parte do tempo, escolhendo ver e não ver como melhor nos convém? Talvez devêssemos considerar cuidadosamente as muitas outras facetas da vida dos astecas antes de julgá-los com dureza. A situação deles estava longe de ser simples.

6

A adaptação a um novo mundo

Logo às sete horas começou um eclipse de Deus, o sol do governante universal. A previsão e o decreto dos eruditos tornaram-se realidade. Quando eram nove horas ficou completamente escuro; pareciam sete horas da noite, e por um bom quarto de hora a escuridão permaneceu, e os passarinhos, os corvos, os urubus, todos caíram no chão e permaneceram por perto voando e emitindo grasnados muito tristes. E algo como borlas amarelas de fogo espalhadas pelo [monte] Popocatepetl. Algo como a fumaça das chamas estava sobre ele. Então era como se as pessoas tivessem perdido os sentidos; alguns correram para a igreja; outros continuaram caindo em terror; mas apenas três morreram naquele instante. Na hora, reinava nada além do choro. As pessoas não se reconheciam mais [na escuridão]. E então, em todos os lugares, os sinos dobravam em todas as igrejas. Somente na catedral e [no convento de] São Francisco os sinos não tocaram, porque o senhor bispo não quis, pois muitas pessoas morreriam [no pânico resultante]. Às dez horas ficou claro. O que estava bloqueando o sol era apenas um ser negro. Quando ele deixou o sol para trás, todos viram como ele o deixou para trás e caiu no Monte Maltalcueye, como o que estava bloqueando o sol apareceu voltado para o norte[140].

---

140. Anais de Puebla (1691).

Histórias ou mitos religiosos cristãos começaram a chegar ao México em 1521. Àquela altura, os espanhóis já exploravam a costa do México havia duas décadas e estavam presentes em Tenochtitlán e nos arredores havia dois anos, enquanto travavam uma guerra contra os mexicas. Mas foi somente depois de 1521 que espanhóis estabelecidos em número suficiente começaram a interagir regularmente com os povos indígenas para poder transmitir suas histórias religiosas com sucesso a um número significativo de pessoas. Então começou um período fascinante durante o qual os povos nativos tiveram de se esforçar para chegar a um acordo com conjuntos de crenças sobrepostas. O processo levou muitas gerações, e muitos mexicanos sustentam que ainda está em andamento.

Por muitos anos, porém, esse assunto não foi estudado, em parte porque muitos europeus e eurodescendentes estavam empenhados em acreditar em uma história fantasiosa ou mito próprio sobre o que os povos nativos supostamente disseram a si mesmos no momento do contato. Os conquistadores sustentavam que os nativos haviam confundido Hernán Cortés com o deus Quetzalcoatl, segundo os termos de uma antiga profecia. Moctezuma, portanto, imediatamente entregou seu reino aos recém-chegados, que, em pouco tempo, ensinaram o povo deslumbrado a adorar o deus cristão. Era uma história lisonjeira para os espanhóis e, por extensão, para qualquer povo de ascendência europeia.

O que realmente aconteceu foi bem diferente. Quando os vassalos de Moctezuma chegaram da costa com um relatório sobre os recém-chegados, ele enviou batedores para todas as regiões de seu império e, em seguida, montou o que só pode ser chamado de sala de guerra. Anos depois, um dos participantes lembrou: "Um relatório de tudo o que estava acontecendo foi entregue e transmitido a Moctezuma. Mensageiros chegavam, outros partiam. Não havia tempo em que não estivessem de ouvidos atentos, em que relatórios não estavam sendo transmitidos"[141]. Alguns dos mensageiros até memorizaram o

141. Códice Florentino 12. Cf. Lockhart (1993, p. 94).

O Lienzo de Tlaxcala ilustra as expedições de conquista dos espanhóis após o fim da guerra com os mexicas. O povo de Tlaxcala era aliado dos europeus.

sermão dado pelo padre que acompanhava Cortés em cada aldeia que visitavam. Malintzin, uma jovem escrava que falava náuatle, os traduzia, e então os mensageiros eram capazes de absorver as declarações. Mais tarde, quando os espanhóis chegaram a Tenochtitlán e tentaram fazer o sermão novamente, Moctezuma os interrompeu, explicando que já havia sido apresentado a ele na íntegra[142]. Por fim, uma grande guerra eclodiu, e os mexicas e seus aliados lutaram com unhas e dentes contra os espanhóis e seus aliados antes de serem derrotados.

De onde, então, se originou a história de um Moctezuma fatalista e seu povo admirado respondendo à chegada de um suposto deus? Os únicos textos escritos sobreviventes que datam dos anos 1519-1522 são as cartas escritas por Hernán Cortés, e em nenhum momento ele afirmou ter sido compreendido como divino. A ideia apareceu pela primeira vez na década de 1540. Em uma passagem bastante incoerente, o frade franciscano Toribio de Benavente (ou "Motolinía") descreveu o que os povos indígenas supostamente pensavam: "Seu deus estava chegando e, por causa das velas brancas, eles disseram que ele estava trazendo por mar seus próprios templos". Então o frade lembrou que algumas páginas antes ele havia afirmado que todos os espanhóis eram deuses, e assim acrescentou: "Quando [os espanhóis] desembarcaram, [os índios] disseram que aquele não era seu deus, mas sim muitos deuses"[143]. A ideia de ser adorado parecia agradar ao frade, assim como a outros colonizadores europeus antes e depois.

Pode parecer estranho que uma história tão obviamente egoísta, sem qualquer evidência contemporânea, tenha crescido e durado tanto tempo, mesmo nos anos finais do século XX, de maior sensibilidade política. No entanto, em uma reviravolta fascinante, alguns povos indígenas começaram a afirmar a mesma coisa no fim do século XVI e ainda mais no início do século XVII. Os primeiros a fazê-lo foram os alunos dos próprios frades franciscanos que originalmente

142. Cf. Díaz (2000, p. 165).

143. Cf. Motolinía (1988, p. 102-108).

desenvolveram a história. Eles eram de famílias indígenas nobres e estavam cheios de curiosidade e preocupação sobre como seus pais e avós outrora poderosos – os mesmos homens que governaram o centro do México – haviam sido abatidos pelos recém-chegados. Essa história ofereceu uma explicação satisfatória, uma maneira honrosa de sair de um enigma doloroso. Parecia que seus progenitores tinham sido homens capazes, afinal – apenas demasiadamente devotos, para sua infelicidade. Os alunos consideraram as velhas histórias sobre a figura humana Huemac e sobre o deus Quetzalcoatl (que estava de fato associado ao signo do ano de 1519, entre outros), misturaram-nas, enfatizando certos elementos e omitindo outros, e ofereceram narrativas que serviam. Na primeira vez que apresentaram tal história, criaram por acidente um problema ao afirmar que a figura interpretada como Quetzalcoatl era o líder da segunda expedição a desembarcar em suas praias – mas esse homem era, na verdade, Juan de Grijalva, que chegou em 1518. No entanto, a confusão foi facilmente ignorada no futuro, pois os elementos básicos da história conveniente foram retomados e circularam entre nativos e europeus[144].

Na verdade, não há nenhuma história antiga em língua náuatle de um rei humano que vai para o leste, tornando-se um deus, e é esperado para retornar em 1519, a fim de refazer a vida das pessoas. Os mexicas do século XVI decerto não esperavam ser governados pelo povo mais devoto a Quetzalcoatl, que em seu próprio mundo eram os cholulanos, recentemente subjugados (cujos templos os espanhóis e os tlaxcaltecas destruíram sob o fogo em sua marcha para Tenochtitlán). De fato, a própria ideia de que alguém tinha o direito preordenado de conquistá-los teria parecido muito divertida. Como os mexicas amavam uma boa piada, talvez tivessem achado engraçado que tantos europeus fossem tão facilmente capazes de se convencer de que era assim que eles pensavam sobre seu futuro, e que eles estavam tão dispostos a abandonar seu reino, seus deuses e suas histórias.

144. Cf. Townsend (2003).

VESTÍGIOS DOS PRIMEIROS ANOS

À medida que os nativos fizeram contato com os espanhóis e ouviram as histórias que eles contavam, parecem ter experimentado não admiração, mas confusão e inacessibilidade. Em Cuautinchán, um homem se lembrou de receber instruções para ir à missa toda semana. "Mas ninguém sabia ainda o que estava acontecendo, se era *domingo* [aqui ele fez uso da palavra em espanhol] ou algum outro dia. Éramos realmente novos nisso [...]. Não sabíamos o que estava acontecendo."[145] Em uma história escrita pelos tlaxcaltecas, outro homem que estivera presente lembrou de suas primeiras impressões:

Uma escultura antiga embutida na parede do complexo franciscano em Calimaya, México.

145. Cf. Medina Lima (1995, p. 36).

A Igreja de San Miguel Arcángel (o Arcanjo Miguel) na cidade de Ixmiquilpan, ao norte da Cidade do México, foi construída nas décadas de 1560 e 1570 e tem vários afrescos multicoloridos com óbvia influência indígena. Aqui, um guerreiro jaguar luta contra seus inimigos.

> Vieram três daqueles que eles chamavam de frades. Dois deles ofereceram missas. Um era o Frei Juan [Díaz]; de outro não sabíamos o nome; e o terceiro era o Frei Pedro de Gante. O falecido Juan estava muito feliz e queria nos ensinar, mas não conseguia falar náuatle. Subindo a colina, onde costumava ficar o mercado, no lugar chamado Tozcoc, colocaram uma grande cruz. Ele ficava lá, reunindo as pessoas, apontando com o dedo para o céu e dizendo "*Di-os*" e "*San-ta María*, sempre uma jovem solteira". Ele apontava para a terra dos mortos, dizendo: "cobras, sapos"[146].

Esse homem parece ter se divertido um pouco ao narrar essa história, mas outros conservavam memórias menos pitorescas, lembrando que os espanhóis enforcavam as pessoas que eles suspeitavam que continuassem a praticar qualquer parte da antiga religião. "Então eles enforcaram os governantes Temiloteuctli, Tlaltochtzin de Quiahuiztlan, Cuauhtotohua de Atempan, Dom Francisco Tecpanecatl e Tenamazc uicuiltzin de Topoyanco. Sem qualquer preocupação, eles os mataram. Assim eram as coisas, havia matança sem qualquer motivo [...]. Então começou o terror. Quando os governantes morriam, era quando as pessoas iam para o batismo"[147]. Ao que tudo indica, as pessoas não haviam recorrido ao batismo dos padres em razão da fé, mas porque estavam aterrorizadas. Não apenas em Tlaxcala, mas em vários lugares em meados do século XVI, ouvimos falar de sacerdotes indígenas da velha ordem que vagavam pelo campo, pregando contra os recém-chegados e exigindo que seu povo deixasse de ter relações com eles. Um até chegou a oferecer uma cerimônia que constituía uma espécie de batismo reverso, uma cerimônia que livrava a pessoa que se submeteu a qualquer compromisso com o novo deus que ele ou ela pudesse ter feito[148].

146. Cf. Juan Buenaventura Zapata y Mendoza (fólio 3v).

147. Cf. Juan Buenaventura Zapata y Mendoza (fólio 4v).

148. Cf. Anais de Juan Bautista (fólio 8). Cf. também Mendoza (2023).

Na igreja de Ixmiquilpan, outro guerreiro pré-conquista luta contra um inimigo com um corpo de cavalo. Hoje, um número substancial de pessoas na cidade ainda fala náuatle ou otomi.

No entanto, apesar da confusão e da forte resistência, os frades persistiram. Diferentes ordens religiosas enfatizaram elementos distintos ou fizeram diferentes tipos de escolhas de tradução, mas todas avançaram com determinação. Com a ajuda de auxiliares indígenas formados por eles, esses religiosos trabalharam longos dias – estudando náuatle, ensinando espanhol e escrevendo sermões, catecismos, comentários e dramas cristãos. Dia após dia, semana após semana, ano após ano, eles promoveram tais projetos e, por fim, tiveram algum sucesso, transmitindo aspectos significativos do cristianismo a seus ouvintes, especialmente às gerações nascidas após a chegada dos europeus. Traduzir conceitos cristãos em termos que funcionassem em náuatle não era uma tarefa fácil e só podia ser realizada por um falante nativo de espanhol e um falante nativo de náuatle trabalhando juntos, buscando maneiras de comunicar conceitos estrangeiros com palavras e entendimentos disponíveis. Eles tinham que evitar palavras comuns dos velhos tempos, como "sacerdote" (*tlamacazqui*), pois tais termos estavam completamente ligados às antigas maneiras de pensar e ser.

Consideremos algumas das palavras que eles decidiram adotar ou, em alguns casos, inventaram:

Português	Espanhol colonial	Equivalente náutle	Tradução literal
batismo	*bautismo*	*tecuaatequiliztli*	Jogar água na cabeça de alguém
crer	*creer*	*neltoca*	Seguir algo verdadeiro
bispo	*obispo*	*teoyotica tlatoani*	Regente de coisas divinas
confissão	*confesión*	*neyolmelahualiztli*	Fortalecimento do coração
Deus	*Dios*	*Teotl*	Deidade, algo sagrado
diabo	*diablo*	*tlacatecolotl*	Um humano na forma de uma coruja com chifres
céu	*cielo*	*ilhuicatl*	Céu
inferno	*infierno*	*mictlan*	Terra dos mortos
salvação	*salvación*	*temaquixtiliztli*	Desamarrar das mãos
pecado	*pecado*	*tlalacolli*	Algo danificado, quebrado
virgem	*virgem*	*ichpochtli*	Jovem mulher não esposada

Quadro 3 – Fontes: Burkhart (2017).

Havia alguns termos que simplesmente não podiam ser expressos adequadamente em náuatle: graça, Espírito Santo, o nome de Deus, sacramento, santo, alma. Para conceitos como esses, as palavras em espanhol foram usadas, inseridas diretamente nas frases em náuatle, e, por fim, os ouvintes passaram a entender seu significado[149].

UM NOVO TIPO DE CATOLICISMO?

No espaço de três a quatro gerações, a maioria dos mexicas do vale central era, pelo menos nominalmente, católica. O que isso significava variava consideravelmente, mas, em razão dos esforços incansáveis dos frades e do clero secular, mais e mais povos indígenas gradualmente passaram a aceitar as principais crenças cristãs. No entanto, ao mesmo tempo, muitas vezes mantinham algumas de suas antigas crenças religiosas ao lado das novas. Em um nível, por exemplo, eles aprendiam que esta vida é preliminar a outra, mas em outro nível, eles continuaram a acreditar que a vida na Terra é especial e imbuída do divino, e que eles deviam se lembrar daqueles que tinham ido antes para mantê-los vivos da maneira que importava. (Até hoje, em algumas cidades de língua náuatle, o Dia dos Mortos rivaliza com o Natal.) Mesmo alguns discípulos indígenas de frades que foram cuidadosamente educados no cristianismo poderiam manter entendimentos da doutrina que eram um pouco distintos do que os frades teriam desejado. Em meados do século XVI, um homem que adotou o nome cristão de Fabian de Aquino (em homenagem a São Tomás de Aquino) escreveu peças sobre o Anticristo que eram um tanto heterodoxas. Demônios atravessavam o palco cantando em náuatle. Um grande grupo da comunidade estava envolvido: uma das peças exigia cinquenta e uma pessoas para encená-la[150].

149. Para um estudo-chave sobre o tema, cf. Burkhart (1989).

150. Cf. Leeming (2022).

CATECISMOS PICTÓRICOS DA ERA COLONIAL

Na segunda metade da era colonial, os frades franciscanos e seus ajudantes que falavam náuatle trabalharam juntos para criar textos pictóricos cristãos vagamente inspirados no antigo sistema de escrita glifo. Eles esperavam que esses textos servissem como dispositivos mnemônicos que ajudassem pessoas não alfabetizadas a se envolver com o cristianismo. Essas imagens são de um texto conhecido como catecismo pictórico de Atzacualco. Elas representam o início da Ave Maria. Seguindo imagem por imagem, da esquerda para a direita e de cima para baixo, temos:

Ó Santa Maria,
Alegre-se!
Você está cheia de
Bondade completa,
Graça.
Com você está
O governante,
Deus.
Você é digno de louvor
O senhor supera
Todos
Mulheres.
E
Digno de louvor
É seu precioso filho
Jesus Cristo.
Ó Santa Maria
Donzela
Mãe de Deus

Fonte da tradução [do original]: Burkhart (2017).

A abertura da Ave Maria no catecismo pictórico de Atzacualco.

Em uma cópia posterior dos Anais de Puebla, um talentoso artista tomou os temas pré-conquista do texto náuatle e os transformou criativamente usando técnicas de desenho europeias.

Da mesma forma, a cadência e o ritmo de algumas das histórias cristãs que os povos indígenas menos instruídos contavam, muitas vezes, continuavam a ter um sabor de pré-conquista. No fim do século XVII, Miguel de los Santos, um artesão indígena de língua náuatle que vivia na cidade de Puebla e que ajudou a construir igrejas, escreveu a história de sua *altépetl*, trazendo-a até seus dias. Ele descreveu muitas das celebrações religiosas que testemunhou. Em 1690, a ordem dominicana concluiu sua mais esplêndida capela. Eles celebraram trazendo em procissão uma bela figura da Virgem Maria:

> A capela da nossa preciosa e reverenciada mãe de Rosário no [convento de] Santo Domingo foi dedicada. Eles a trouxeram na quinta-feira, 14 de abril. Depois a levaram para [o convento de] Santa Catarina. Lá ela dormiu. Então, na sexta-feira, eles a levaram para [o convento da] Santíssima Trindade. Lá ela dormiu. E, no início da manhã de sábado, eles a levaram para a catedral, e então, à tarde, ela voltou para sua casa. Muitas maravilhas foram realizadas; havia peças nas ruas. Na quinta-feira à tarde, quando a trouxeram para fora de sua casa, um grande vento subiu. Ninguém mais andava, tão forte era o vento. Enquanto a carregavam, ela não podia mais ser vista[151].

O escritor dessas palavras era um homem cosmopolita e urbano profundamente familiarizado com os conceitos religiosos cristãos e a

151. Cf. Townsend (2010, p. 149).

história da Santa Virgem. No entanto, ao mesmo tempo, ele contou a história dela tanto quanto seus ancestrais naquele mesmo vale contavam a história daqueles que deixaram Chicomoztoc e fizeram sua passagem cerimonial para o sul. Em cada lugar sagrado a que chegavam, vinha a repetição rítmica *cochico*, "ali eles dormiram". Esses ancestrais também foram assolados pelo vento e pelo clima em sua passagem sagrada, e eles também sobreviveram e voltaram para casa. Uma vez o contador de histórias entoou: "Aqui termina a estrada e os dias registrados para nossos bisavós, nossos avós, os filhos dos Chichimeca"[152].

Foi no ano seguinte, em 1691, que o mesmo Miguel de los Santos contou a história de um grande eclipse solar que abre este capítulo. Foi previsto por um astrônomo espanhol, mas, apesar disso, o evento dramático aterrorizou o povo da cidade. Alguns padres mandaram tocar os sinos da igreja e pioraram o pânico. Quando o eclipse passou, Dom Miguel disse que viu uma figura negra (*tliltic*) afastando-se do sol e pousando na montanha chamada Matlalcueye ("A de saia verde-escura"). Ele disse que muitas pessoas afirmaram ter visto também[153]. Agora, a palavra *tliltic* poderia significar um objeto preto, ou uma forma preta, mas, na década de 1690, quase sempre significava uma pessoa negra. Dom Miguel parece ter insinuado que ele e seus compatriotas viram uma figura humana deixando o sol. Poderiam eles ter uma memória cultural de Ixtlilton ("Negrinho com um rosto"), um pequeno deus capaz de curar crianças, que às vezes também era chamado Tlaltetecuini ("Pilão da terra") e que tinha calçados que pareciam o sol[154]? No mínimo, parece correto afirmar que, em 1690, Miguel de los Santos ainda vivia em um universo divino que mostrava sua mágica a olhos mortais de maneiras por vezes inesperadas. Os ensinamentos de seus antepassados estavam vivos nele.

152. Cf. *Historia Tolteca-Chichimeca* (folios 23-26).

153. Cf. Townsend (2010, p. 155).

154. Cf. Dibble; Anderson (1950-1982, 1:15-16).

PEREGRINAÇÕES TRADICIONAIS

O náuatle e outras línguas indígenas sobreviveram melhor em áreas rurais remotas no México. O mesmo se aplica às observâncias religiosas tradicionais. Em Huasteca, uma região montanhosa ao norte de Veracruz, especialistas tradicionais que ostentam o título *tlamatiquetl* (pessoa de conhecimento) ainda levam as pessoas em peregrinações a locais sagrados todos os anos. Eles cortam figuras de papel para seus rituais que incorporam ou revelam o divino, assim como os *amoxtli* sagrados (livros feitos de papel de casca) do século XVI. As figuras de papel, muitas vezes cortadas aos milhares, são salpicadas com o sangue de galinhas ou perus sacrificados. No local, o *tlamatiquetl* coloca as figuras em altares decorados com flores carregados de oferendas de comida e bebida para que os peregrinos possam fazer seus pedidos (de chuvas, fertilidade das culturas e assim por diante) às entidades espirituais reveladas no papel cortado.

Os especialistas em rituais Teófilo Jiménez Hernández (segundo a partir da esquerda) e Cirilo Téllez Hernández (na ponta, à direita) cantam diante de um altar no início de uma peregrinação a Palaxtepetl ("Montanha do peru macho") em março de 2007.

Na trilha para Palaxtepetl. De Sandstrom; Sandstrom (2022).

A partir da década de 1970, os antropólogos Alan e Pamela Sandstrom viveram por muitos meses no vilarejo de língua náuatle de Amatlán, ao sul de Huasteca. Entre 1998 e 2007, eles foram convidados a participar de cinco peregrinações diferentes, no entendimento de que fotografariam e escreveriam sobre o que observassem, em um esforço para preservar as práticas para o futuro, caso os jovens deixassem as cerimônias caducarem. Os líderes das peregrinações foram o falecido Encarnación (ou Cirilo) Téllez Hernández, um especialista em rituais profundamente respeitado, e seu aprendiz Teófilo Jiménez Hernández. Esses dois estavam preocupados com o fato de as pessoas modernas terem esquecido os laços que as ligam ao mundo natural. Cirilo disse: "Esses rituais não são um jogo, são a nossa vida. Estou dando a vocês, meus filhos e filhas, minha devoção. Passei minha vida dedicando oferendas a elas [as divindades], e elas nos fornecem milho. Deus cuida de nós quando cavamos e plantamos milho, e temos que retribuir [...]. Monte um altar. Siga o caminho correto"[155]. Ele sabia que as peregrinações religiosas exemplificavam as dificuldades de seguir o caminho certo na vida – dificuldades que só pioraram nos tempos modernos – e esperava que os jovens continuassem a encontrar seu sustento no conhecimento do que seus ancestrais haviam feito durante séculos.

155. Cf. Sandstrom; Sandstrom (2022, p. 3).

Ixtlilton em *Primeros memoriales*, um rascunho inicial do Códice Florentino.

PROTEÇÃO E PRESERVAÇÃO

Com tantas tradições ainda vibrantes nas cidades e aldeias do México, não é de surpreender que as pessoas, nos séculos seguintes, tenham feito repetidos esforços para preservar e até mesmo revivificar a língua e a cultura náuatle[156]. Seus esforços foram eficazes: ainda existe mais de um milhão de falantes de náuatle no país, e muitos outros vivem no exterior. Hoje, os nahuas do México continuam a contar suas próprias histórias à sua maneira. Muitos deles agora são artistas e intelectuais, trabalhando para escrever e analisar tudo o que podem e para garantir que a língua e a cultura de seu povo permaneçam vivas no futuro, em uma linha ininterrupta enraizada no passado. Eles têm muito a nos ensinar.

156. Cf. McDonough (2014).

Um desses ativistas e escritores da linguagem é Eduardo de la Cruz. Ele nasceu no município de Chicontepec ("Sete colinas"), no estado de Veracruz, e foi criado em uma comunidade cuja língua materna era e ainda é o náuatle. Quando criança, De La Cruz morava com os pais e os avós. Com eles, aprendeu a trabalhar na lavoura e a se envolver na manutenção dos costumes e das crenças locais. Completou o ensino médio por correspondência. Aos dezoito anos, deixou sua aldeia em busca de oportunidades, viajando primeiro para Guadalajara e depois para Zacatecas, onde obteve o bacharelado em Economia e o mestrado em Pesquisa em Humanidades, ambos pela Universidade Autônoma de Zacatecas.

Durante seus anos de universidade, De La Cruz veio a conhecer o Instituto de Docencia e Investigación Etnológica de Zacatecas (Idiez), um espaço em que os participantes trabalham e falam em sua língua nativa. Ele começou a trabalhar para o Idiez em 2010 como professor assistente de náuatle, participando do projeto de criação de um dicionário monolíngue (náuatle-náuatle), para fazer as vezes do que o *Oxford English Dictionary* ou o *Webster* fazem em inglês. Na raiz, o projeto rejeitou a ideia de que os textos em línguas indígenas deveriam ser imediatamente traduzidos para uma língua europeia. O volume foi publicado em 2016. De La Cruz começou a organizar cursos e oficinas bem no meio das comunidades de língua náuatle de Chicontepec como forma de revitalizar e fortalecer a língua. Em 2020, ele se tornou o diretor do Idiez. Seu trabalho no instituto está focado em projetos de ensino e pesquisa que revitalizam a língua e a cultura náuatle.

Entre seus muitos projetos, De La Cruz está um esforço de colaboração com outras instituições, como a Getty Foundation, para levar textos históricos do náuatle (como os deste livro) aos alunos das escolas náuatles de uma forma que seja acessível e atraente para eles. As escolas públicas no México não ensinam muito a esses jovens a respeito de seus antepassados, o que faz com que eles saibam muito

Eduardo de la Cruz, como muitos outros de sua geração, dedica sua vida profissional à reabilitação da língua, da cultura e da história náuatle.

pouco sobre a cultura dos que os precederam e quase nada sobre os fortes esforços que estes fizeram à época da conquista para defender essa cultura. O ativista tem por objetivo mudar tudo isso.

De La Cruz também publica histórias em náuatle, pois acredita firmemente que a tradição oral fornece uma maneira de ensinar às crianças o conhecimento, a sabedoria e os valores de uma cultura. Ele preservou essas tradições em *Tototatahhuan Ininizxtlamatiliz* (Conhecimento de nossos avós), publicado em 2015, e *Cenyahtoc Cintli Tonacayo: huancapatl huan tlen naman* (O milho ainda é nosso corpo: uma passagem do passado ao presente), publicado em 2017. Às vezes, quando jovens falantes de náuatle lidam com um desses livros (ou, da mesma forma, um dicionário ou um artigo acadêmico escrito em náuatle), é a primeira vez que eles veem que sua língua materna também é uma língua de cultura e alfabetização, assim como o inglês ou o espanhol. A experiência diminui a crença furtiva que lhes foi inculcada de que as línguas indígenas não são de grande valor e os lembra de que não há pensamento ou filosofia que não possam ser expressos em sua própria língua.

As pessoas que vive no exterior são mais do que bem-vindas para se juntar aos esforços das pessoas que vivem no México para preservar o náuatle e suas histórias. Ativistas linguísticos como Eduardo de La Cruz recebem toda a ajuda que podem obter. E o mundo como um todo se beneficia de manter vivas as tradições ameaçadas dos nativos do continente americano, pois são as histórias em toda a sua maravilhosa variedade que nos trazem a verdadeira sabedoria.

Referências

Fontes primárias náuatle

Anais de Cuautilán (original perdido, fac-símile Velázquez).

Anais de Juan Bautista (Biblioteca Lorenzo Boturini, Cidade do México).

Anais de Puebla (Instituto Nacional de Antropología e Historia – Inah, Cidade do México).

Anais de Tecamachalco (Nettie Lee Benson Collection, University of Texas, Austin).

Anais de Tlatelolco (Bibliothèque nationale de France – BnF, Paris).

Anais de Tlaxcala (Inah, Cidade do México).

Diálogos Bancroft (Bancroft Library, University of California, Berkeley).

Cantares mexicanos (Biblioteca Nacional, Cidade do México).

Ocho Relaciones de Chimalpahin (BnF, Paris).

Códice Aubin (British Museum, Londres).

Códice Chimalpahin (Inah, Cidade do México).

Códice Florentino (Biblioteca Medicea Laurenziana, Florença).

Hernando Alvarado Tezozomoc (presente no Códice Chimalpahin).

Historia Tolteca-Chichimeca (BnF, Paris).

Juan Buenaventura Zapata y Mendoza (BnF, Paris).

Leyenda de los soles (original perdido, fac-símile Velázquez).

Libro de guardianes (Universidad Nacional Autónoma de México, Cidade do México).

Fontes primárias publicadas traduzidas do náuatle

ANDERSON, Arthur J. O.; SCHROEDER, Susan (ed.). *Codex Chimalpahin*. Norman: University of Oklahoma Press, 1997. vol. 1-2.

BIERHORST, John (ed.). *Cantares mexicanos*. Stanford: Stanford University Press, 1985.

BIERHORST, John (ed.). *History and mythology of the Aztecs: the Codex Chimalpopoca* [Annals of Cuauhtitlan and the Legend of the Suns]. Tucson: University of Arizona Press, 1992.

DIBBLE, Charles; ANDERSON, Arthur J. O.(ed.). *Florentine Codex: general history of the things of New Spain*. Santa Fé: School of American Research, 1950-1982. vol. 1-12.

DIBBLE, Charles (ed.). *Historia de la nación mexicana* [Codex Aubin]. Madri: Porrúa, 1963.

KARTTUNEN, Frances; LOCKHART, James Lockhart (ed.). *The art of Nahuatl speech: the Bancroft Dialogues*. Los Angeles: UCLA Latin American Center, 1987.

KIRCHOFF, Paul; GÜEMES, Lina Odena; GARCÍA, Luis Reyes (ed.). *Historia Tolteca-Chichimeca*. Cidade do México: Inah, 1976.

MEDINA LIMA, Constantino (ed.). *Libro de Guardianes y gobernadores de Cuauhtinchan*. Cidade do México: Ciesas, 1995.

REYES GARCÍA, Luis (ed.). *¿Cómo te confundes? ¿Acaso no somos conquistados? Anales de Juan Bautista*. Cidade do México: Ciesas, 2001.

REYES GARCÍA, Luis; BARACS, Andrea Martínez (ed.). *Juan Buenaventura Zapata y Mendoza: historia cronológica de la Noble Ciudad de Tlaxcala*. Tlaxcala: Universidad Autónoma de Tlaxcala, 1995.

SCHROEDER, Susan; CRUZ, Anne J.; ROA-DE-LA-CARRERA, Cristián; TAVÁREZ, David (ed.). *Chimalpahin's conquest: a Nahua historian's rewriting of Francisco López de Gómara's "La Conquista de México"*. Stanford: Stanford University Press, 2010.

TENA, Rafael (ed.). *Anales de Tlatelolco*. Cidade do México: Conaculta, 2004.

TENA, Rafael (ed.). *Ocho relaciones y el memorial de Culhuacan*. Cidade do México: Conaculta, 1998. vol. 1-2.

TOWNSEND, Camilla (ed.). *Here in this year: Seventeenth-Century Nahuatl Annals of the Tlaxcala-Puebla Valley*. Stanford: Stanford University Press, 2010.

VELÁZQUEZ, Primo Feliciano. *Códice Chimalpopoca: Anales de Cuauhtitlan y leyenda de los soles*. Cidade do México: Imprenta Universitaria, 1945.

Fontes espanholas primárias

DÍAZ, Bernal. *Historia verdadera de la conquista de la Nueva España*. Cidade do México: Porrúa, 2000.

DURÁN, Fr. Diego. *Historia de las Indias*. Cidade do México: Ignacio Escalante, 1867 e 1880. vol. 1-2.

MOTOLINÍA, Fr. *Toribio de Benavente. Historia de los indios de la Nueva España*. Madri: Alianza, 1988.

Leituras complementares em inglês

ANDREWS, Richard. *An Introduction to Classical Nahuatl*. Norman: University of Oklahoma Press, 2004.

BERDAN, Frances. *Aztec archaeology and ethnohistory*. Nova York/Londres: Cambridge University Press, 2014.

BOONE, Elizabeth Hill. *Stories in red and black: pictorial histories of the Aztecs and Mixtecs*. Austin: University of Texas Press, 2000.

BURKHART, Louise. *Slippery Earth: Nahua-Christian moral dialogue in Sixteenth-Century Mexico*. Tucson: University of Arizona Press, 1989.

BURKHART, Louise. "Christian Doctrine: Nahuas Encounter the Catechism" and "Deciphering the Catechism". *In*: BOONE, Elizabeth Hill; BURKHART, Louise; TAVÁREZ, David (ed.). *Painted words: Nahua catholicism, politics, and memory in the Atzaqualco Pictorial Catechism*. Washington: Dumbarton Oaks, 2017.

CARMACK, Robert; GASCO, Janine; GOSSEN, Gary. *The Legacy of Mesoamerica: history and culture of a Native American Civilization*. Upper Saddle River: Prentice Hall, 2007.

CARRASCO, David; SESSIONS, Scott. *Daily Life of the Aztecs*. Indianápolis: Hackett Publishing, 2008.

EDMONSON, Munro. *The book of the year: Middle American Calendrical systems*. Salt Lake City: University of Utah Press, 1988.

EVANS, Susan Toby. *Ancient Mexico and Central America*. Londres/New York: Thames & Hudson, 2013.

HASKETT, Robert. *Visions of Paradise: primordial titles and Mesoamerican history in Cuernavaca*. Norman: University of Oklahoma Press, 2005.

JEFFRES, Travis. *The forgotten diaspora: Mesoamerican migrations and the making of the US-Mexico Borderlands*. Lincoln: University of Nebraska Press, 2013.

KARTTUNEN, Frances. *An analytical dictionary of Nahuatl*. Norman: University of Oklahoma, 1992.

LEEMING, Ben. *Aztec antichrist: performing the apocalypse in Early Colonial Mexico*. Boulder: University Press of Colorado, 2022.

LEIBSOHN, Dana. *Script and glyph: Pre-Hispanic History, Colonial bookmaking and the historia Tolteca-Chichimeca*. Washington: Dumbarton Oaks, 2009.

LEÓN-PORTILLA, Miguel. *Aztec thought and culture*. Norman: University of Oklahoma Press, 1963 [1956].

LEÓN-PORTILLA, Miguel. *The broken spears: the Aztec account of the Conquest of Mexico*. Boston: Beacon Press, 1970.

LOCKHART, James. *The Nahuas after the conquest*. Stanford: Stanford University Press, 1992.

LOCKHART, James. *We people here: Nahuatl accounts of the Conquest of Mexico*. Berkeley: University of California Press, 1993.

LÓPEZ AUSTÍN, Alfredo. *Tamoanchan, Tlalocan: places of mist*. Boulder: University Press of Colorado, 1997.

LÓPEZ LUJÁN, Leonardo; BARRERA RODRÍGUEZ, Raúl; CHÁVEZ BALDERAS, Ximena. *Tenochtitlan: Imperial Ideologies on Display*. Washington, D.C.: Dumbarton Oaks, 2022.

MAFFIE, James. *Aztec philosophy: understanding a world in motion*. Boulder: University Press of Colorado, 2014.

MALANGA, Tara. *"Earth is No One's Home": Nahua Perceptions of Illness, Death and Dying in the Early Colonial Period*. 2020. Tese (Doutorado em História) – Departamento de História, Rutgers University, Nova Jérsei, 2020.

MATHIOWETZ, Michael; TURNER, Andrew (ed.). *Flower worlds: religion, aesthetics, and ideology in Mesoamerica and the American Southwest*. Tucson: University of Arizona Press, 2021.

MATOS MOCTEZUMA, Eduardo. *Life and death in the Templo Mayor*. Boulder: University Press of Colorado, 1995.

MCDONOUGH, Kelly. *The learned ones: Nahua intellectuals in Post-Conquest Mexico*. Tucson: University of Arizona Press, 2014.

MENDOZA, Celso. *Painting Colonialism with Words: The Aztecs Recording and Resisting Spanish Rule a Generation after Conquest*. 2023. Tese (Doutorado em História) – Departamento de História, Rutgers University, Nova Jérsei, 2023.

MILLER, Mary; TAUBE, Karl. *An illustrated dictionary of the gods and symbols of Ancient Mexico and the Maya*. Londres/Nova York: Thames & Hudson, 1997.

MONTERO SOBREVILLA, Iris. The disguise of the Hummingbird: on the Natural History of Huitzilopochtli in the Florentine Codex. *Ethnohistory*, 67, 07/2020.

MUNDY, Barbara. *The death of Aztec Tenochtitlan, the life of Mexico City*. Austin: University of Texas Press, 2015.

NAVARRETE LINARES, Federico. Tlaxcalan histories of the Conquest and the construction of Cultural Memory. *Iberoamericana*, 19, p. 35-50, 2019.

OLIVIER, Guilhem. *Mockeries and metamorphoses of an Aztec God: Tezcatlipoca, Lord of the Smoking Mirror*. Boulder: University Press of Colorado, 2003.

OLIVIER, Guilhem. Humans and Gods in the Mexica Universe. *In*: NICHOLS, Deborah L.; RODRÍGUEZ-ALEGRÍA, Enrique (ed.). *The Oxford Handbook of the Aztecs*. Nova York/Londres: Oxford University Press, 2017.

OLKO, Justyna; MADAJCZAK, Julia. An Animating Principle in Confrontation with Christianity? De(Re)Constructing the Nahua "Soul". *Ancient Mesoamerica*, 30, 2019.

OUDIJK, Michael; DE PAZ, María Castañeda. Nahua Thought and the Conquest. *In*: NICHOLS, Deborah L.; RODRÍGUEZ-ALEGRÍA, Enrique (ed.). *The Oxford Handbook of the Aztecs*. Nova York/Londres: Oxford University Press, 2017.

PIZZIGONI, Caterina. Where Did All the Angels Go? An Interpretation of the Nahua Supernatural World. *In*: CERVANTES, Fernando; RADDEN, Andrew. *Angels, Demons and the New World*. Cambridge: Cambridge University Press, 2013.

RAJAGOPALAN, Angela Herren. *Portraying the Aztec Past: the Codices Boturini, Azcatitlan, and Aubin*. Austin: University of Texas Press, 2019.

READ, Kay Almere; GONZÁLEZ, Jason. *Mesoamerican Mythology*. Nova York: Oxford University Press, 2000.

RUIZ MEDRANO, Ethelia. *Mexico's Indigenous Communities: their lands and histories, 1500-2010*. Boulder: University Press of Colorado, 2010.

SANDSTROM, Alan. Flower world in the religious ideology of contemporary Nahua of the Southern Huasteca. *In*: MATHIOWETZ, Michael; TURNER, Andrew (ed.). *Flower worlds: religion, aesthetics, and ideology in Mesoamerica and the American Southwest*. Tucson: University of Arizona Press, 2021.

SANDSTROM, Alan; SANDSTROM, Pamela Effrein. *Pilgrimage to Broken Mountain: Nahua Sacred Journeys in Mexico's Huasteca Veracruzana*. Denver: University Press of Colorado, 2022.

SCHROEDER, Susan. The First American Valentine: Nahua Courtship and other aspects of family structuring in Mesoamerica. *Journal of Family History*, 23, 1998.

SMITH, Michael. *The Aztecs*. Oxford: Blackwell Publishers, 1996.

SORENSEN, Peter Bjorndahl. *"I am a singer, I remember the Lords": History in the Sixteenth-Century Aztec Cantares*. 2022. Tese (Doutorado em História) – Departamento de História, Rutgers University, Nova Jérsei, 2022.

TAVÁREZ, David. *The invisible war: Indigenous devotions, discipline, and dissent in Colonial Mexico*. Stanford: Stanford University Press, 2011.

THERRELL, Matthew; STAHLE, David W.; ACUÑA SOTO, Rodolfo. Aztec Drought and the "Curse of One Rabbit". *Bulletin of the American Meteorological Society*, 85 (9), set. 2004.

TOWNSEND, Camilla. Burying the white gods: new perspectives on the Conquest of Mexico. *American Historical Review*, 108, 2003.

TOWNSEND, Camilla. *Annals of Native America: how the Nahuas of Colonial Mexico kept their History Alive*. Nova York: Oxford University Press, 2017.

TOWNSEND, Camilla. *Fifth Sun: a new History of the Aztecs*. Nova York: Oxford University Press, 2020.

TOWNSEND, Camilla; KAY MICHAEL, Nicky. *On the Turtle's Back: Stories the Lenape Told Their Grandchildren*. New Brunswick: Rutgers University Press, 2023.

WHITTAKER, Gordon. *Deciphering Aztec Hieroglyphs: a guide to Nahuatl Writing*. Londres: Thames & Hudson, 2021.

WOOD, Stephanie. *Transcending Conquest: Nahua Views of Spanish Colonial Mexico*. Norman: University of Oklahoma Press, 2003.

Agradecimentos

Foi uma alegria escrever este livro. Da Thames & Hudson, agradeço a Bem Hayes, que sempre pareceu compartilhar de minha visão, assim como a Jen Moore e Louise Thomas, extraordinários editores de palavra e imagem, respectivamente. Durante o período de aproximadamente um ano, beneficiei-me imensamente de questões colocadas por membros do auditório aos quais proferi palestras na McGill University, na Northwestern University, na Northern Illinois University, em Ann Arbor (University of Michigan) e na Embaixada do México. Obrigada pelas provocações! Duas almas generosas ofereceram-se a exercer o papel de primeiros leitores. Sou profundamente grata a John Nolan e Josh Anthony por suas críticas. Enquanto isso, ganhava mais do que posso descrever em meses recentes com o convívio acadêmico e a amizade de colegas que discutiram religião nahua e outros assuntos comigo, especialmente Louise Burkhart, Lidia Gómez, Jim Maffie, Caterina Pizzigoni, Ethelia Ruiz-Medrano e Alan e Pamela Sandstrom. Acima de todos, expresso minha dívida ao trabalho em andamento de dois falantes fluentes de náuatle: Rafael Tena e Eduardo de la Cruz.

Àqueles que desejarem se voluntariar a ajudar Eduardo de la Cruz em seu trabalho no Idiez, seu contato é xochiayotzin@gmail.com.

FONTE DAS ILUSTRAÇÕES

1 Dumbarton Oaks, Research Library and Collection, Washington, D.C./DeAgostini/ Getty Images; **2** Banco de imagens: Peter M. Wilson/Alamy**; 10** Fotografia de Magnus von Koeller; **11** Art Institute of Chicago: por meio de doações anteriores de Sr. e Sra. Arthur M. Wood e Sr. e Sra. William E. Hartmann; Robert Allerton Trust; por meio de doações anteriores de Ethel e Julian R. Goldsmith e Sr. e Sra. Samuel A. Marx; Morris L. Parker Fund; adquirida mediante fundo oferecido por Cynthia e Terry Perucca e Bill e Stephanie Sick; fundos de Wirt D. Walker Trust, Bessie Bennett e Elizabeth R. Vaughn; adquirida mediante fundo oferecido por Rita & Jim Knox e Susan & Stuart Handler; Edward E. Ayer Fund em memória de Charles L. Hutchinson e Gladys N. Anderson Fund; adquirida mediante fundo oferecido por Terry McGuire; Samuel P. Avery and Charles U. Harris Endowed Acquisition funds (2012.2); **12-13** Max Shen/ Moment/Getty Images; **14a** Banco de imagens: Suzuki Kaku/Alamy; **14b** Los Angeles County Museum of Art: doação de Constance McCormick Fearing (AC1996.146.56); **16** Art Institute of Chicago: doação de Joseph P. Antonow (1962.1073); **17** G. Dagli Orti/De Agostini Picture Library/akg-images; **18** Bernardino de Sahagún, *História geral das coisas da Nova Espanha de Frei Bernardino de Sahagún: O Códice Florentino. Livro XI: Natural Things,* 1577, recuperada da Biblioteca do Congresso, Washington, D.C. (2021667856); **22** Art Nick/Shutterstock; **23** Banco de imagens: Album/Alamy; **26** Fordham University, Nova York; **28** Werner Forman/Universal Images Group/ Getty Images; **31** © The Trustees of the British Museum, Londres; **35** Fotografia de El Comandante; **37** Cortesia de Whittaker (2021); **39** Bernardino de Sahagún, *General History of the Things of New Spain by Fray Bernardino de Sahagún: The Florentine Codex. Book VII: The Sun, Moon, and Stars, and the Binding of the Years*, 1577. Recuperada da Biblioteca do Congresso, Washington, D.C. (2021667852); **41** Foundation for the Advancement of Mesoamerican Studies, Inc.; **42** Bernardino de Sahagún, *General History of the Things of New Spain by Fray Bernardino de Sahagún: The Florentine Codex. Book XI: Natural Things*, 1577, recuperada da Biblioteca do Congresso, Washington, D.C. (2021667856); **47a** Fordham University, Nova York; **47b** *Paintings of the Governor, Mayors and Rulers of Mexico*, 1565, recuperada da Biblioteca do Congresso, Washington, D.C. (202166702); **48** Foundation for the Advancement of Mesoamerican Studies, Inc.; **50** Foundation for the Advancement of Mesoamerican Studies, Inc.; **51esq** Musée de l'Homme, Paris/Bridgeman Images; **51dir** © The Trustees of the British Museum, Londres; **52** Banco de imagens: The Picture Art Collection/Alamy; **55** Fordham University, Nova York; **56** Bibliothèque nationale de France, Paris (Mexicain 46-58); **60** Museum für Völkerkunde, Vienna/ Bridgeman Images; **61** Wang LiQiang/Shutterstock; **62** Bernardino de Sahagún, *General History of the Things of New Spain by Fray Bernardino de Sahagún: The Florentine Codex. Book XI: Natural Things*, 1577, recuperada da Biblioteca do Congresso, Washington, D.C. (2021667856); **65** Fotografia de Dennis Jarvis, Halifax,

Nova Escócia; **68** Fotografia de Gary Todd, Xinzheng; **69** Foundation for the Advancement of Mesoamerican Studies, Inc.; **75** Códice Azcatitlan, 1530, recuperada da Biblioteca do Congresso, Washington, D.C. (2021668122); **76-77** Códice Azcatitlan, 1530, recuperada da Biblioteca do Congresso, Washington, D.C. (2021668122); **83** Bibliothèque nationale de France, Paris (Mexicain 46-58); **86** Foundation for the Advancement of Mesoamerican Studies, Inc.; **87** © The Trustees of the British Museum, Londres; **88, 89** © The Trustees of the British Museum, Londres; **91** G. Dagli Orti/De Agostini Picture Library/akg-images; **96** The University of Texas at Austin: Benson Latin American Collection, LLILAS Benson Latin American Studies and Collections; **101** Banco de imagens: North Wind Picture Archives/Alamy; **107** Foundation for the Advancement of Mesoamerican Studies, Inc.; **111** Foundation for the Advancement of Mesoamerican Studies, Inc.; **114** Art Institute of Chicago: Major Acquisitions Fund (1990.21); **115** Cleveland Museum of Art: Doação de Edward B. Greene (1921.1711); **119** Bernardino de Sahagún, *General History of the Things of New Spain by Fray Bernardino de Sahagún: The Florentine Codex. Book VIII: Kings and Lords*, 1577, recuperada da Biblioteca do Congresso, Washington, D.C. (2021667853); **120** Bernardino de Sahagún, *General History of the Things of New Spain by Fray Bernardino de Sahagún: The Florentine Codex. Book XI: Natural Things*, 1577, recuperada da Biblioteca do Congresso, Washington, D.C. (2021667856); **122-123** Photo Bibliothèque nationale de France, Paris, Dist. RMN-Grand Palais/Image BnF; **127** Banco de imagens: Icon Images/Alamy; **131** Banco de imagens: Cavan Images/Alamy; **132** Banco de imagens: Ivan Vdovin/Alamy; **137** Art Institute of Chicago: Major Acquisitions Fund (1990.21); **141** Fotografia de Luis Beltran; **142** Cortesia de Whittaker (2021); **146** Banco de imagens: The Picture Art Collection/Alamy; **151** Bernardino de Sahagún, *General History of the Things of New Spain by Fray Bernardino de Sahagún: The Florentine Codex. Book VI: Rhetoric and Moral Philosophy*, 1577, recuperada da Biblioteca do Congresso, Washington, D.C. (20121667851); **154** Foundation for the Advancement of Mesoamerican Studies, Inc.; **155** Foundation for the Advancement of Mesoamerican Studies, Inc.; **162** Album/Alamy; **165** Germanisches Nationalmuseum, Nürnberg (Hs. 22474); **166** Bibliothèque nationale de France, Paris (Mexicain 46-58); **169** Banco de imagens: GpPhotoStudio/Alamy; **172** Museum of Fine Arts, Boston: Doação de Landon T._Clay/Bridgeman Images; **176a** Banco de imagens: The Picture Art Collection/Alamy; **176b** Fotografia de Manuel de Ylláñez; **179** Fotografia de Camilla Townsend; **180** Banco de imagens: Granger/Historical Picture Archive/Alamy; **182** Banco de imagens: Granger/Historical Picture Archive/Alamy; **185esq e dir.** Bibliothèque nationale de France, Paris (Mexicain 399); **186** Gómez García, Lidia; Salazar Exaire, Celia; Stefanón López, María Elena. *Anales del Barrio de San Juan del Río: Crónica indígena de la ciudad de Puebla, siglo XVII* (Puebla: Instituto de Ciencias Sociales y Humanidades – Buap, 2000); **188** Fotografia de A82 e A84, a partir da p. 355, reproduzida com permissão de Sandstrom; Sandstrom (2022); **189** Fotografia de A82 e A84, a partir da p. 355, reproduzida com permissão de Sandstrom; Sandstrom (2022); **190** Bernardino de Sahagún, *Códices matritenses, Primeros memoriales*, 1561. Cortesia da Biblioteca Digital Mexicana BDMx; **192** Cortesia de Eduardo de la Cruz.

Índice analítico

D

E

F

G

H

I

J

L

M

N

O

P

Q

S

T

U

V

X

Y

Sobre a autora

Camilla Townsend é professora de História na Universidade Rutgers e uma defensora ativa dos direitos dos povos indígenas. É autora de vários livros, incluindo *Quinto Sol: Uma nova história dos astecas*, que ganhou o Prêmio Cundill de História em 2020, publicado no Brasil também pela Editora Vozes.